CW00797833

BABYLONE D'ALLEMAGNE

DU MÊME AUTEUR

Les Maréchaux de la Chronique, 1 vol., 3 fr. 50.

Les Petites Démascarades (préface d'Aurélien Scholl, 1 vol., 3 fr. 50.

LA MÉNAGERIE SOCIALE :

1° L'Homme à Femmes, roman parisien, 1 vol., 3 fr. 50.

2° Reine de Joie, mœurs du demi-monde, 1 vol., 3 fr. 50.

En préparation :

Le Général, mœurs politiques.

Les Justiciers, roman parisien.

VICTOR JOZE

LA MÉNAGERIE SOCIALE

Babylone d'Allemagne

Couverture par H. DE TOULOUSE-LAUTREC

Types de Berlin : Dessin hors texte de BAC et
LUBIN DE BEAUVAIS

PARIS

P. ANTONY ET Cⁱᵉ, ÉDITEURS

8, RUE DU FAUBOURG MONTMARTRE, 8

—

1894

Tous droits réservés

BIBLIOTHECA

PRÉFACE

Il est probable que nos « amis » d'Outre-Rhin ne seront pas contents en lisant ce volume.

Ils n'aiment pas que leurs vices soient connus en Europe; leur hypocrisie égale celle des Anglais. Ils voudraient être considérés comme un peuple d'élite, vertueux et pur, choisi par la Providence pour lutter contre l'œuvre du Diable, triomphante dans les pays voisins. C'est pourquoi ils s'arment des pieds à la tête, c'est pour cela qu'ils fondent des canons et préparent ·des nouveaux bataillons. Avec l'aide de Dieu, de l'Empereur et de M. Krupp, ils espèrent conquérir et purifier le monde...

Et voilà qu'un romancier français — ein Franzose— *se permet de dévoiler les secrets de la vie berlinoise. C'est trop fort !*

Ils auront beau cependant se fâcher, ces braves Germains, ils auront beau crier au scandale, à la diffamation, et me livrer en pâture à tous les Kramer et à tous les Scheidlein de toutes les feuilles reptiles, depuis la Gazette de Cologne *jusqu'au* Berliner Tagblatt, *cela n'empêchera point* Babylone d'Allemagne *d'être une étude sociale au lieu d'être une œuvre de chauvinisme et de provocation, comme les propriétaires de nos pendules ne manqueront point de prétendre.*

Babylone d'Allemagne, *je le répète, est une étude impartiale. C'est un tableau de la corruption allemande qui diffère essentiellement de la corruption française dont on parle avec un si vif plaisir en Allemagne. Et c'est justement cette différence entre les deux pays que j'ai voulu démontrer en m'appuyant sur les faits auxquels j'ai eu l'occasion d'assister pendant mon séjour à Berlin.*

Le Français, le Parisien surtout, est fin. Il aime la gaieté frivole et le plaisir facile, mais il n'aime pas se salir dans la boue. Le vice lui-même ne l'attire que s'il est élégant et d'une odeur agréable. Il aime à mettre de l'esprit dans ses actes de libertin ; de cet esprit qui lui a valu une si grande renommée...

Il aime la femme, mais la veut non seulement jolie, mais gracieuse, fine et spirituelle comme lui.

Et, comme la femme est une œuvre de l'homme, c'est le Parisien qui a fait la Parisienne, ce bibelot délicat, cette fleur unique dans son genre, l'objet de tant de désirs : notre gloire et notre reine !...

Voyons maintenant l'homme allemand et la femme allemande. Lui est grossier ; c'est sa nature, son tempérament. Il aura beau être doux, mélancolique, sentimental, cela ne l'empêchera point de cracher sur le tapis et de lancer à chaque instant les Donner-Wetter de rigueur. Elle est souvent jolie, il est rare qu'elle soit gracieuse. Qu'elle soit ouvrière ou princesse, elle sera toujours vulgaire au fond de son âme. Pour vous exciter, elle relèvera ses jupes de façon dont les filles des bas étages sont, seules, coutumières à Paris, et elle vous

1*

pétera au nez au moment psychologique..

La Parisienne la plus honnête est toujours un peu coquette. La Berlinoise ne connaît pas de milieu : elle est bigote ou catin.

***

Il suffit d'entrer dans un bal public berlinois, pour voir la différence qu'il y a entre ces établissements à Berlin et à Paris.

La fille publique qui fréquente nos établissements de plaisir, pour y trouver son pain quotidien, garde toujours une certaine retenue. Elle est heureuse de pouvoir se faire passer pour une « danseuse ». Quel plaisir de mettre sur ses cartes de visite : « Mademoiselle X... Artiste chorégraphique. »

La fille allemande se fiche pas mal du côté extérieur de son métier. Elle ne va pas s'amuser à vouloir poser pour une artiste. Elle est prostituée et pas autre chose. Plus est jolie et lancée, plus elle se fait payer, voilà tout.

En un mot, le vice allemand comme le vice français conservent et trahissent à chaque instant leur marque de fabrique.

Le viveur français, malgré ses façons de

Don Juan blasé et blagueur, garde au fond de son cœur beaucoup de respect pour la femme. Et quand une femme est tombée si bas qu'il ne lui est plus possible de la respecter, il la plaint sincèrement et s'apitoie sur son sort, tout en conservant son air indifférent et sceptique... Le noceur prussien ne demande pas à la femme tombée autre chose que de lui prouver qu'elle est capable de se baigner dans la boue. Et, une fois l'acte d'accouplement bestial accompli, il la chasserait à coups de bottes si elle venait lui réclamer quelque chose d'autre que la pièce blanche ou jaune convenue ; de la pitié, par exemple !

Aussi, la prostituée prussienne est telle que le Prussien l'a faite. Elle est ignoble.

Oh ! les gretchen *de joie, les filles de la rue de Berlin !... Oh ! les mendiantes d'amour avec des sourires sans grâce et une tenue de cuisinières !... Il faut être du pays pour en goûter la saveur.*

A côté de ces héroïnes de Babylone d'Allemagne, *à la démarche lourde, aux tétons avachis, la plus grossière fille de Paris apparaît comme une reine de joie !...*

VICTOR JOZE

TYPES DE BERLIN

UN UHLAN EN BONNE FORTUNE

Babylone d'Allemagne

I

E 1ᵉʳ novembre 1891, dans un salon réservé du restaurant Mühling, l'un des plus élégants restaurants berlinois, situé dans le centre de la *Unter den Linden* (1), le jeune comte Hubert de Rau fêtait avec quelques amis sa promotion au grade de sous-lieutenant.

La veille encore, il n'était qu'un simple *Fähnrich* (2) que le premier officier venu pouvait traiter en morveux, que les femmes considéraient comme un gamin ; le voilà enfin *Offizier :* officier chic dans toute l'acception du mot.

---

(1) *Les Tilleuls*, la promenade à la mode, quelque chose comme les grands boulevards de Berlin.

(2) Elève officier.

Aussi, le jeune homme était-il tout fier et tout content, et, chaque fois qu'il jetait un coup d'œil sur son sabre ou sur ses épaulettes, sa petite moustache d'adolescent semblait se redresser militairement.

M. de Rau n'avait convié à cette fête intime que ses meilleurs amis : le comte Otto de Ullrich, Hans de Fetthing, le baron Julius Haussner et Joseph de Bayer ; tous les quatre sous-lieutenants de hussards comme lui.

Il avait été décidé d'un commun accord que l'on n'inviterait point de femmes. Après le souper, on verrait. En attendant, on tenait à rester entre hommes, entre camarades. Les *Schnaepen* (1) sont si bêtes !...

En mangeant, on ne buvait que du champagne : la seule chose qui soit bonne en France, comme on dit à Berlin. On buvait beaucoup, on était gris, on criait. On trinquait, avec des *Prosit* (2), entre deux hoquets. Et les exclamations favorites des Prussiens : *Colossal ! Pyramidal ! Absolut !* s'élevant à chaque instant du brouhaha des paroles, semblaient résumer la conversation des convives.

_____

(1) Filles.
(2) À votre santé !

Il était onze heures du soir quand les jeunes gens sortirent du restaurant. Il faisait un froid sec. La *Unter den Linden* était presque vide. Par-ci par-là, trébuchait un ivrogne ou une fille publique faisait sa ronde de nuit. Les cafés et les brasseries, au contraire, regorgeaient de monde. En face du café Bauer, au coin de la *Friedrichstrasse*, une longue file de *Droschken* (1) attendaient des clients. Les officiers en hélèrent deux; puis ils se consultèrent, n'étant pas encore décidés où aller.

Le choix n'était point facile. Les théâtres, à cette heure-là, étaient déjà fermés, et, étant en tenue, les jeunes gens ne pouvaient pas se hasarder dans un café-concert ou dans un bal public. A Berlin, plus qu'ailleurs, ces établissements-là ne sont que de simples lupanars pour l'exportation et les officiers n'y vont jamais autrement qu'en civil.

— Il n'y a qu'un moyen de s'amuser! s'écria Hubert de Rau. Allons chez la mère Fritz!...

— Bonne idée, fit le baron Haussner, allons-y!

_____

(1) Fiacres.

— *Schön* (1),

— *Sehr gut* (2).

— *Iawohl* (3).

La mère Fritz était une procureuse jouissant d'une grande réputation dans le monde de la jeunesse dorée de Berlin. Elle occupait dans la *Chaussée-Strasse* toute une maison composée de deux étages dont elle était d'ailleurs la propriétaire. Elle « travaillait » dans la bourgeoisie. Autrement dit, elle procurait à des hommes riches des jeunes bourgeoises, demoiselles ou femme mariées, qui s'étaient décidées à faire commerce de leur corps, plus ou moins « honnête » jusqu'alors.

On pouvait être sûr de trouver chez la mère Fritz, à toutes les heures, des petites dames assez gentilles : des filles de boutiquiers et d'artisans, des femmes d'employés de l'État, des jeunes veuves, des gouvernantes sans place ; dans la soirée, on y rencontrait aussi des modistes, des demoiselles de magasin, des employées à la comptabilité, arrivant à la hâte après la fermeture de leur boutique.

---

(1) Bon !
(2) Très bien !
(3) Parfaitement !

Mais, pour entrer en relations avec les « perles » de la maison, fine fleur de la prostitution clandestine, il fallait demander un rendez-vous spécial.

Quand on s'y prenait d'une façon intelligente, quand on savait faire son choix et qu'on écoutait les conseils de la patronne, on arrivait à en avoir largement pour son argent. Car — la chose était prouvée — la mère Fritz, tout en dirigeant une maison immorale, était l'honnêteté même au point de vue commercial. Elle ne trompait jamais ses clients.

Quand elle vous disait : « Cette femme est mariée », il était certain que la personne en question était réellement en possession de mari, au lieu d'être une vulgaire poseuse de lapins, comme le sont généralement les femmes dites mariées chez la plupart des procureuses parisiennes. De même, quand la bonne femme vous affirmait qu'une de ses candidates était vierge, le doute n'était pas possible. D'ailleurs, dans ce dernier cas, la vieille — une ancienne sage-femme qui connaissait bien son affaire — vous autorisait à amener un médecin pour contrôler l'exactitude du fait.

La maison de la mère Fritz semblait être

construite spécialement pour l'usage auquel elle servait.

Du vestibule on passait dans un grand salon, lieu de réceptions et de présentations, et de là, un escalier conduisait au premier étage, rempli de chambres séparées : chacune munie de tous les accessoires de l'acte de l'amour.

Une porte placée au fond du salon du rez-de-chaussée menait dans l'appartement privé de la patronne, composé de quatre jolies pièces et possédant un autre escalier qui conduisait directement au deuxième étage, réservé, celui-là, à des rendez-vous de « première classe ».

Au bout de cet appartement privé, à côté de la cuisine, se trouvait une petite antichambre, toute sombre, avec une porte conduisant dans la cour et servant à celles et à ceux qui avaient des raisons pour éviter l'entrée principale.

Arrivés devant la maison de la mère Fritz, les jeunes gens descendirent de leurs fiacres et se firent ouvrir la porte par un veilleur de nuit, qui les salua avec tout le respect qui leur était dû.

A Berlin, les concierges ne tirent pas le

cordon; chaque locataire a son passe-partout, et les gens du dehors qui veulent entrer dans une maison, après la fermeture réglementaire des portes, s'adressent au veilleur de nuit. La surveillance d'un veilleur de nuit s'étend à plusieurs immeubles dont il garde les clefs respectives.

Une sonnerie électrique qu'on mettait en mouvement en ouvrant la porte, annonça à la mère Fritz une visite. Elle sortit dans le vestibule, suivie d'une vieille bonne, regarda les hussards à travers ses lunettes, leur souhaita la bienvenue avec un sourire maternel, fut charmante. Puis, elle aida elle-même sa bonne à les débarrasser de leurs manteaux, et les introduisit au salon.

Grande, maigre ridée, cheveux grisonnants, la mère Fritz personnifiait le type de la vieille fille allemande. Et cependant, ce n'était point une prêtresse du célibat. Mme Walter (c'était son nom officiel) était la veuve d'un sergent de ville qui, trente années durant, avait servi dans la police de Berlin, et qui était mort victime du devoir, assommé à coups de bottes par des rôdeurs de nuit.

Cette mort héroïque avait valu à sa veuve une pension de cent marks et des protections puissantes à la préfecture de police, qui, vu son petit métier, n'étaient point à dédaigner.

Au moment d'entrer au salon, vide complètement à ce moment, Otto de Ulrich s'écria :

— Eh bien, il n'y a personne ?

— Si, si, répondit la vieille dame, j'ai quatre petites amies dans la salle à manger; toutes les quatre, des jeunes filles à marier...

Dans le langage des procureuses de Berlin « fille à marier » veut dire une jeune fille qui se prostitue pour se faire une dot.

— Mais, *Donnerwetter* (I), nous sommes cinq ! fit le baron Haussner avec humeur.

— C'est regrettable, répondit la mère Fritz. Si vous étiez venus un peu plus tôt, j'avais la veuve d'un capitaine récemment décédé. Étant encore en deuil, elle n'a pas voulu rester plus longtemps. Vous comprenez ses scrupules... elle se doit encore un peu à son pauvre défunt...

— Veuve d'un capitaine ? s'étonna Joseph de Bayer. Pas de la garde toujours, j'espère...

— Si, si, monsieur. Son mari était hussard de la garde comme vous...

(1 Orage ! (Interjection très usitée en Allemagne.)

— Son nom ? cria Hubert de Rau.

— C'est un secret...

Le comte de Rau sortit de son portefeuille un billet de cinquante marks.

— Voilà pour toi, vieille sorcière, pour te délier la langue.

La mère Fritz tendit la main avec un sourire bienveillant.

— Parle d'abord !

— Eh bien, puisque vous y tenez tant, je vais vous dire le nom de cette dame. C'est Mme de Holtz.

— Comment ?... Alors c'est la veuve de mon ancien capitaine qui me mettait si souvent aux arrêts ! Bravo ! deux fois bravo ! trois fois bravo ! cent fois bravo !...

Et en jetant à la figure de la vieille femme le billet de banque qu'il tenait à la main :

— Tiens, garde cela. Et tu en auras encore deux comme celui-là, si Mme de Holtz vient ici dans un quart d'heure.

Puis, s'adressant à ses camarades :

— C'est quelque chose de colossal ! Ce cher monsieur de Holtz ne se doutait jamais de la farce que je devais lui jouer après sa mort... Je ferai mon possible pour prouver à

sa jeune veuve que son cher défunt ne connaissait qu'imparfaitement ses devoirs de mari.
Je vais être son professeur fin de siècle à la
française ! Ah ! ce pauvre de Holtz, plaignez-
le !

— Holtz l'a donc laissée dans la misère,
cette malheureuse ? demanda à la mère Fritz
le baron Haussner d'une voix un peu émue.

— Il est mort ruiné, répondit la vieille.

— En effet, il jouait beaucoup, fit le comte
Otto de Ullrich.

— C'est triste, conclut Hans de Fetthing.

— Que le diable vous emporte avec vos
doléances dans un endroit destiné à ce qu'on
rie et jouisse ! cria de Rau. Vous plaignez le
sort de Mme de Holtz !... Pourquoi ? Parce
que j'ai l'intention de l'aimer ? Non ? Eh bien,
pourquoi ? Parce qu'elle a perdu son mari ?
Mais êtes-vous seulement sûrs qu'elle le
regrette ?... Eh bien alors, de quoi vous mêlez-
vous ? Vous, Haussner, vous la traitez de
malheureuse... Elle me paraît au contraire
très heureuse. Vous voyez, je m'intéresse déjà
à elle, la connaissant à peine par ouï-dire...
Holtz était vieux ; moi, je suis jeune ; Holtz
était ruiné en mourant ; moi, je suis riche...
Eh bien, avouez que cette petite dame a une

rude veine... Si elle réussit à me plaire réellement, je la lancerai dans la grande vie...
Tout Berlin en parlera...

Et, en regardant ses camarades d'un air de
triomphe :

— Avoir pour maîtresse la veuve de son
ancien capitaine, c'est très chic !...

— C'est très moderne, fit la mère Fritz.

Puis, s'approchant du comte de Rau, elle
lui dit à voix basse :

— Si vous voulez que Mme de Holtz
vienne encore aujourd'hui, il faut que j'aille
la chercher moi-même. Elle est difficile et
fière... Qu'est-ce qu'il faut lui dire ?

— Dites-lui que je lui offre cinq cents
marks pour la soirée d'aujourd'hui. Après,
nous verrons...

— Très bien... Le temps de mettre mon
chapeau et j'y cours.

— Mais vous perdez la tête, maman Fritz,
dit de Ullrich. Vous ne pensez qu'à notre ami
de Rau... Eh bien, et nous ? Nous attendons
nos quatre filles à marier...

— Elles seront de suite à vos ordres, dit
la mère Fritz en sortant par la porte du fond.
Une minute...

2

— Et du champagne pour tout le monde, n'est-ce pas ?

— A vos ordres...

Au bout de quelques minutes, vêtue d'un long manteau à pèlerine et coiffée d'un énorme chapeau ayant l'air de remonter aux temps de Frédéric le Grand, la mère Fritz revint au salon et pria les officiers de passer dans son appartement privé.

— Ces jeunes personnes, fit-elle, sont en train de souper. Je croyais qu'elles avaient déjà fini. Mais elle n'aiment pas manger à la hâte... Vous seriez bien gentils d'aller leur tenir compagnie.

— Allons-y. Ici ou là, ça nous est bien égal, fit un des jeunes gens.

Et aussitôt les cinq officiers entrèrent dans la salle à manger de la procureuse, qui les présenta à ces demoiselles, selon les usages de la maison.

— Ce sont ces messieurs dont je vous ai parlé, mes petites filles. Etant forcée de sortir, je vous laisse avec eux... Amusez-vous bien ! Si vous voulez jouer aux cartes, elles sont là, dans le tiroir : si vous voulez danser, passez au petit salon ; si vous voulez monter, appelez la bonne...

Les hussards s'approchèrent des jeunes
filles et les saluèrent avec des sourires signifi-
catifs et en les dévisageant.

Elles étaient toutes les quatre blondes et
grasses, toutes les quatre jolies et très jeunes.
Elles étaient assises autour d'une table ronde,
couverte d'une nappe jaune et tricotaient des
chaussettes d'homme. A tout instant, elle s'ar-
rêtaient dans leur travail pour boire un peu
de café au lait servi dans de grands bols, ou
pour choisir dans une des assiettes, rangées
sur la table, une sandwich au jambon ou aux
confitures, un gâteau ou un œuf dur qu'elles
avalaient aussitôt.

A la vue des officiers, les jeunes filles
commencèrent par baisser légèrement les yeux
— affaire d'éducation, — mais elles s'empres-
sèrent de les relever et se mirent à rire, toutes
à la fois.

La bonne apporta du champagne, les
hussards s'assirent, la mère Fritz sortit, la
conversation s'engagea...

Les jeunes gens, à part le comte de
Rau, qui se tenait à l'écart et pensait à sa
veuve, avaient déjà fait leur choix. Ils
s'étaient assis en conséquence, chacun à côté
de celle qui lui plaisait le mieux. Ils s'étaient

consultés des yeux, et ils étaient d'accord.

Otto de Ullrich apprit bientôt que la jeune
fille à côté de laquelle il était assis s'appellait
de son petit nom Mlle Julie, qu'elle avait dix-
sept ans et demi, qu'elle était la fille unique
d'un vétérinaire militaire, qu'elle n'avait pas
de dot, mais qu'elle espérait en avoir une en
faisant la petite pelote, que sa mère l'autorisait
à sortir le soir s'amuser un brin, à la condition
d'être rentrée avant une heure du matin.

Mlle Julie voulut faire accroire au comte
que les chaussettes qu'elle était en train de
tricoter étaient destinées à son père, mais, en
insistant un peu, l'officier lui fit avouer qu'elle
les fabriquait pour son fiancé, un aide-phar-
macien de grand avenir.

Les trois autres demoiselles à marier
répondaient aux noms de Marie, Annette et
Augusta.

Mlles Marie et Annette étaient orphelines.
La première logeait chez une vieille cousine
et s'occupait de couture, la deuxième était à
la charge d'un oncle maternel, un ancien
notaire qui avait eu des revers. Quant à
Mlle Augusta, elle était la fille cadette d'un
pasteur protestant, père d'une famille par trop
nombreuse.

Elles avaient des fiancés, elles aussi, elles fréquentaient la mère Fritz depuis plusieurs mois déjà, cela ne faisait du mal à personne, n'est-ce pas? et, comme les affaires n'étaient pas très mauvaises, elles espéraient pouvoir entrer dans la vie matrimoniale très prochainement.

Leurs confidences de jeunes filles étaient faites le plus naturellement du monde, sans fausse pudeur, sans cachotteries. Elles connaissaient bien la vie et l'acceptaient telle qu'elle était. Elles savaient que, pour se marier, il faut avoir de l'argent : qu'une jeune fille doit apporter à son mari une petite dot pour être digne de son respect et avoir sur lui une influence morale. Elles excusaient les jeunes gens qui ne se marient pas à la légère. mais qui demandent à la femme dont ils veulent faire leur compagne, à côté des qualités morales. un trousseau convenable et un livret de la Caisse d'épargne.

Leurs idées étaient sans prétentions : elles étaient simples et pratiques; elles émerveillèrent les hussards.

Questionnée par un des officiers qui tenait à savoir si elle aimait le champagne, Mlle Annette répondit que c'était une boisson agréable:

mais qu'il fallait en boire rarement parce qu'elle coûtait trop cher ; d'ailleurs elle n'y tenait point plus qu'à la bière et au bon café à la crème.

Ses amies l'approuvèrent à l'unanimité, et, comme elles avaient déjà bu deux verres de champagne chacune, elles refusèrent carrément d'en boire davantage. A quoi bon boire inutilement et se faire du mal? Du reste, elles n'avaient pas encore fini leur souper.

Au bout de quelques minutes, comme les officiers insistaient et qu'elles n'avaient plus de café au lait dans leurs bols, elles acceptèrent de prendre un peu de bière de Munich pour en arroser les œufs durs qui restaient encore sur la table. C'était une concession.

La bière servie, les hussards prirent leurs voisines dans leurs bras et les firent asseoir sur leurs genoux ; les jeunes filles qui s'y attendaient leur tendirent leurs lèvres les premières. Mais ce fut la seule privauté qu'elles leur permirent pour l'instant. Elles ne tenaient pas à avoir les jupes chiffonnées. Puis, il fallait être convenable quand on était habillé. Si ces messieurs étaient pressés, ils n'avaient qu'à appeler la bonne, et on allait monter.

Le baron Haussner qui, malgré ces obser-

vations, dites sur un ton poli mais décisif,
avait renversé à demi la fille du pasteur en lui
relevant les jupes jusqu'aux genoux, s'attira
cette verte réprimande :

— Pas ici, pas ici, s'il vous plaît. Vous
êtes un malappris.

Le baron ne s'offensa point. Il fit ses
excuses à la jeune fille, l'embrassa sur la
bouche et lui proposa de la faire valser.
Mlle Augusta avoua qu'elle ne savait pas
danser. Et d'ailleurs, elle serait forcée bientôt
de s'en aller pour ne pas rentrer trop tard à
la maison. Aussi, si Monsieur l'officier tenait
réellement à s'amuser un peu avec elle, elle
aimerait mieux monter de suite dans une
chambre séparée au lieu de perdre le temps.

Le jeune homme trouva que Mlle Augusta
avait parfaitement raison et la complimenta
de sa franchise. Il appela la bonne, lui dit de
préparer une chambre et, priant ses camarades de l'attendre, il sortit, suivant la petite
qui connaissait bien le chemin du premier.

Les voyant partir, Mlle Julie, la fille du
vétérinaire, rappela au comte de Ullrich que
sa mère exigeait qu'elle fût rentrée avant une
heure du matin. Le comte comprit et imita le
baron.

De Fetthing et de Bayer voulurent en faire
autant, mais les deux demoiselles qu'ils
tenaient sur leurs genoux déclarèrent qu'elles
n'étaient pas aussi pressées que leurs amies,
et qu'elles feraient volontiers quelques tours
de valse. Elles aimaient beaucoup la danse,
disaient-elles, d'autant plus qu'en dehors des
sensations agréables qu'elle procurait, elle
était excellente au point de vue digestif.

Le comte Hubert de Rau, bien que de
mauvaise humeur (les amours de ses camarades l'embêtaient ; il aurait voulu que la
veuve fût déjà là), consentit à jouer au piano
et joua la valse connue de l'opérette viennoise
Die Fledermaus (la Chauve-Souris).

La danse commença : une véritable danse
allemande, sentimentale et lente. Une har-
monie bizarre s'établissait entre la raideur
militaire des deux officiers et le lyrisme de
leurs yeux. Leur regard tendre et doux semblait se fondre dans quelque chose d'infini et
suggestionnait les danseuses qui tournaient,
tournaient, la tête légèrement inclinée, la
bouche entr'ouverte, les yeux mouillés, les
narines haletantes...

Tout à coup, comme une vision, la mère
Fritz apparut dans la porte entre-bâillée. Elle

fit un signe au comte de Rau, et d'une voix
mystérieuse :

— *Herr Graff, bitte schön!* (1)

Vivement de Rau laissa en plan les dan-
seurs et sortit du salon.

— Eh bien? demanda-t-il à la vieille qui
l'attendait.

— Elle est là, venez...

Et elle le conduisit dans son boudoir où,
assise négligemment sur un petit sopha, une
jeune femme, mise avec élégance, feuilletait
un journal de modes.

C'était une jolie brune au type bavarois.
Forte, sans être grasse, elle avait des grands
yeux noirs, un nez régulier, une petite
bouche... et du chien. Elle pouvait avoir
vingt-cinq ans. Son costume de deuil lui
seyait extrèmement bien.

Le jeune sous-lieutenant la salua poliment,
en homme du monde. Elle le fixa de ses yeux
noirs, l'examina attentivement et demanda,
d'une voix légèrement ironique :

— Le comte de Rau, n'est-ce pas?

— Lui-même, à votre service.

---

(1) Monsieur le comte, je vous prie.

— Asseyez-vous, monsieur,

Elle parlait si froidement, avec tant d'assurance mêlée à une sorte de morgue dédaigneuse, que le hussard se sentit déconcerté. Il prit place sur un fauteuil à côté du sopha... et ne trouva rien à dire.

La mère Fritz s'était esquivée, fermant la porte derrière elle ; l'officier et la jeune femme étaient seuls,

— Vous teniez beaucoup, reprit Mme de Holtz, à faire ma connaissance encore ce soir, malgré l'heure si tardive... Dans d'autres circonstances, croyez-le, je ne me serais pas dérangée. Je n'ai point l'habitude d'être appelée de cette façon. Mais maman Fritz, que je connais de longue date, a su si bien piquer ma curiosité que j'ai cédé... Il paraît (ici la voix de la jeune femme devint tellement ironique que le hussard rougit jusqu'aux oreilles) il paraît que vous êtes très expérimenté en amour et que vous voulez me donner des leçons... Je ne demande pas mieux, cher monsieur. J'adore ces leçons-là. Toute gamine encore, en pension, j'en prenais tant que je pouvais... j'ai continué étant jeune fille et femme mariée... Pourquoi m'arrêter aux jours du veuvage qui me rend toute ma liberté ?...

Hubert de Rau se sentait de plus en plus embarrassé. Il aurait voulu dire quelque chose, mais il ne savait pas quoi. Malgré son trouble cependant, une observation plaisante lui vint à l'esprit. « Holtz a bien fait de mourir », pensa-t-il, « il ne devait pas être très heureux. »

Mme de Holtz continua : « Vous m'avez offert, Monsieur, par l'intermédiaire de la mère Fritz, la somme de cinq cents marks pour une séance de pédagogie amoureuse qui doit avoir lieu ce soir. Merci de votre générosité, monsieur, mais ce n'est pas logique... C'est vous qui serez le professeur, pas moi... Et, bien que je ne sois pas riche, je possède des économies et j'aurai encore de quoi donner quelques centaines de marks à celui qui m'aura appris quelque chose de nouveau en amour...

Le comte de Rau, tout ahuri qu'il était, comprit que la jeune femme se moquait de lui.

— Madame, vous plaisantez, fit-il avec un mouvement de colère.

Mme de Holtz se mit à rire.

— Vous ne voulez pas, dit-elle, soit ! Alors ce sera une séance gratuite...

Sa voix était devenue plus douce, et de Rau se sentit plus à son aise. Il voulut faire une objection. La jeune femme l'interrompit.

— Laissez, fit-elle, je suis très têtue et je n'accepterai rien de vous cette fois. D'ailleurs, voyez-vous, nous sommes un peu cousins. Mon mari était votre capitaine... et les officiers du même régiment, n'est-ce pas une grande famille ?... Un capitaine est l'oncle de ses subordonnés... par conséquent, je suis votre tante... vous voyez ! Il est vrai que d'après ce qui m'a été dit par la mère Fritz, vous n'aimiez pas votre oncle de Holtz, parce qu'il vous mettait aux arrêts. Eh bien, mon ami, nous pouvons nous donner la main... J'avais fait mon possible pour arriver à l'aimer... et je n'ai pas réussi. Il était trop vieux et trop jaloux...

Tout à coup, Mme de Holtz se leva. Elle ôta son chapeau qu'elle avait gardé sur sa tête, le plaça sur une commode et s'approcha de l'officier.

— Voyons, *Herr Professor*, vous ne dites rien ? fit-elle d'une voix câline.

Le hussard se leva à son tour ; la jeune femme l'attira vers le petit sopha, et ils s'assi-

rent tous deux côte à côte. Elle garda ses deux
mains dans les siennes, et, en le contem-
plant :

— Vous êtes Prussien ? dit-elle.

— Oui.

— Moi, je suis de Munich, mais j'aime
beaucoup les Prussiens.

Elle lui entoura le cou de sa main
droite. Il sentit son souffle et l'embrassa sur
la bouche.

— Vous êtes un joli garçon, murmura-
t-elle. Vous êtes blond, vous êtes bien fait...
vous ressemblez à notre empereur.

Pour toute réponse, le hussard la saisit par
la taille et, en quelques secondes, l'étendit sur
le sopha, brutalement.

Elle ne s'attendait pas à cette brusquerie.
Elle essaya de se défendre.

— Pas ici, fit-elle comme tantôt la fille du
pasteur. Mais il était trop tard... Le hussard
triompha...

Un quart d'heure plus tard, le comte de
Rau et Mme de Holtz, guidés par la mère
Fritz, montaient l'escalier conduisant au
deuxième étage. La vieille tenait dans une
main une lampe à pétrole et dans l'autre une

3

petite valise que Mme de Holtz avait emportée de chez elle, pour faire croire à un voyage.

Fier de sa victoire de tout à l'heure, le sous-lieutenant avait retrouvé toute son assurance. Il fredonnait une chanson de café-concert et faisait sonner son sabre sur les marches de l'escalier.

Le petit appartement de première classe où le hussard et la veuve allaient passer la nuit était composé d'une antichambre, d'une grande chambre à coucher, d'un cabinet de toilette et d'un petit boudoir.

Le lit destiné aux amours du jeune couple était un véritable *Bet* (1) allemand couvert d'un énorme lit de plume. Deux chemises de nuit : une chemise de femme et une d'homme étaient posées sur les oreillers ; elles faisaient partie du mobilier du logement.

— Vous serez bien ici, petits amoureux, fit la mère Fritz en introduisant l'officier et la dame.

— *Ia wohl*, répondit de Rau. Puis, il demanda à la vieille :

— De Fetthing et de Bayer sont-ils encore au salon avec leurs donzelles ?

---

(1) Lit.

— Non, ils sont déjà montés au premier. Ils ont demandé une chambre à un seul lit pour faire une contredanse.

Après cette explication, la mère Fritz rit longuement. Étant bavarde, comme toutes les Allemandes, elle aurait voulu, avant de se retirer, faire un bout de causette avec les jeunes amoureux. Mais cela ne faisait point l'affaire du comte. Et il lui fit entendre qu'il désirait qu'elle les laissât seuls. Elle comprit, et, après avoir souhaité à ses locataires une bonne et agréable nuit, se dirigea vers la porte.

— Quand vous verrez descendre mes amis, lui cria le jeune homme, dites-leur au revoir de ma part. Je les verrai demain matin au manège.

Une fois la vieille partie, de Rau retira son uniforme et son pantalon, les plia avec soin et, dans cette petite tenue : chemise, caleçon et bottines éperonnées, il s'approcha de Mme de Holtz qui, assise sur une chaise longue, le regardait avec attention, tout en dégrafant lentement son corsage.

Tel qu'il était maintenant, le hussard dut lui plaire, car elle le fit asseoir sur ses genoux, le cajola, l'embrassa tendrement sur

les joues, sur les yeux, lui passa, selon la
mode allemande, sa langue dans la bouche...
Puis, telle une mère parlant à son fils, elle lui
dit, en lui caressant le menton :

— Mon petit second lieutenant adoré, mon
officier chéri, tu es beau et solide, mais tu es
encore bien jeune...

TYPES DE BERLIN

OFFICIERS & SENTINELLE

II

Le lendemain matin, le hussard et la
veuve se réveillèrent très satisfaits l'un de
l'autre. Lui, avait prouvé sa force de mâle ;
elle, son savoir-aimer.

Elle l'appelait encore « *Herr Professor* »,
affaire de rire, car il n'était qu'un élève labo-
rieux, et elle son maître.

Elle l'initia à des choses qu'il ne connaissait point, malgré ses prétentions de jouven-
ceau qui se croit fort expérimenté en amour
sans en connaître l'alphabet. Aussi, se
rendit-il compte bien vite qu'il n'était qu'un
petit garçon. Mme de Holtz l'avait écrasé de
sa supériorité. Et, obéissant, il se laissait faire
ou, strictement, exécutait ses ordres.

Le matin, au réveil, après un nouvel

exercice, il trouva amusant d'appeler sa maîtresse : « mon capitaine ».

Car elle était déjà sa maîtresse. Ils s'étaient
entendus à ce sujet entre deux étreintes. Elle
avait signé son engagement avec ses lèvres sur
la peau blanche du jeune homme ; lui, il avait
donné sa parole d'honneur.

Mme de Holtz devait quitter de suite le
petit appartement qu'elle habitait actuellement.
Son amant s'engageait à lui louer une villa
dans les environs de Berlin, à lui fournir
l'argent nécessaire pour le train de maison et
pour ses toilettes, et à mettre à sa disposition
une voiture à deux chevaux. En échange, elle
promettait de n'aimer que lui, lui tout seul,
son petit « second lieutenant ».

A huit heures du matin, le comte de Rau
sortit de chez la mère Fritz, laissant sa bien-
aimée au lit. N'étant point pressée, elle
voulait dormir la grasse matinée, et il devait
venir la retrouver à une heure de l'après-
midi.

En descendant, le comte paya à la mère
Fritz son courtage et sa part des frais de la
veille, ses amis ayant payé en partant leurs
parts respectives. Pour ce qui était du petit
appartement où il avait passé la nuit en

compagnie de Mme de Holtz, il l'arrêta pour quelques jours jusqu'à la nouvelle installation de sa maîtresse.

Il ne pouvait pas lui faire des visites trop fréquentes dans son domicile actuel; cela aurait provoqué, disait-elle, un scandale inouï dans sa maison habitée par des personnes pleines de vertus bourgeoises. Les mêmes raisons de convenances empêchaient Hubert de Rau de garder sa nouvelle maîtresse chez lui, ne serait-ce qu'une seule nuit.

Là-dessus, il avait hérité de ses aïeux des principes inébranlables. Jamais aucune femme — sa mère, ses sœurs, ses tantes et ses cousines exceptées — n'avait franchi le seuil de son appartement de garçon. Depuis sa sortie de l'école des cadets, c'est-à-dire depuis un an, son père, général-commandant de la garde impériale et l'un des plus riches gentilshommes de la Poméranie, lui donnait cinq mille marks par mois; maintenant, depuis sa promotion au grade de sous-lieutenant, il espérait en avoir le double, car son père était large, trouvait que le jeune âge avait ses droits, et excusait ses folies. Mais, s'il était prêt à pardonner à son fils beaucoup de choses, il ne lui aurait jamais pardonné la profanation de sa demeure officielle.

Hubert de Rau le savait bien. Aussi, eût-il préféré rompre avec Mme de Holtz de suite, plutôt que de s'exposer à la colère paternelle et aux reproches de sa conscience de gentilhomme prussien.

Avant d'aller à ses occupations militaires, le jeune homme passa chez lui, changea de costume, mit ses grandes bottes et prit un bol de café au lait. Ensuite, suivi de son ordonnance, il se rendit à cheval au manège, Il y rencontra ses compagnons de la veille, auxquels il raconta comment il avait passé la nuit et combien il était satisfait de sa nouvelle liaison.

Ses amis le félicitèrent et le prièrent de les présenter à la veuve de leur ancien capitaine.

— Attendez qu'elle soit installée, répondit de Rau. Je vous inviterai à une grande fête que je me propose de donner en son honneur. Vous amènerez des femmes.

— Ce ne seront pas, en tout cas, les filles à marier d'hier soir, répondit le baron Haussner. Nous en avons assez. Elles sont trop bégueules...

Après trois heures d'exercices, le comte

de Rau repassa chez lui, se changea encore une fois, et, à une heure précise, il entrait dans le vestibule de la maison hospitalière de la mère Fritz.

Mme de Holtz l'attendait dans la salle à manger de la procureuse, — et ils dînèrent (1) à trois...

Après le dîner, l'officier et sa maîtresse sortirent ensemble. Une voiture du comte les attendait à la porte. Ils se firent conduire à Potsdam où, comme ils venaient de l'apprendre par la mère Fritz, il y avait justement à louer un fort joli hôtel habité jusque-là par une actrice du *Schauspielhaus*, Julia Stern, qui venait de se marier.

Le temps étant beau, quoique froid, ils préférèrent faire ce petit voyage en voiture qu'en chemin de fer. Ils se sentaient tous deux d'une humeur excellente, et, assis commodément dans leur coupé, ils causaient joyeusement, en s'interrompant de temps à autre par des baisers passionnés.

Mme de Holtz raconta à son amant toute l'histoire de sa vie.

_____

(1) On dîne à Berlin entre 1 heure et 5 heures. Le repas du soir n'est qu'un souper léger.

Fille d'un petit fonctionnaire de Munich, elle avait perdu ses parents peu de temps après sa sortie de pension. Ne sachant quoi faire, elle partit pour Berlin et devint institutrice. Elle fit ce métier quatre années durant. Puis, un jour, elle rencontra le capitaine de Holtz dans une maison où elle donnait des leçons. L'officier, vieux déjà et encore célibataire, en tomba amoureux et l'épousa.

Tel était son passé. Quant à son avenir, elle l'entrevoyait plein de charmes. Comment ne serait-elle pas heureuse auprès de son sous-lieutenant ?

— N'est-ce pas, *Herr Professor*?

— *Ia wohl*.

Aussitôt arrivés à Potsdam, l'officier et la dame allèrent visiter l'hôtel à louer. Ils le trouvèrent à leur goût, et, comme le propriétaire habitait à côté, ils le louèrent de suite. Puis, l'idée leur vint d'aller faire un petit tour au parc de Sans-Souci (*Zang-Zouzi*, suivant la prononciation allemande). Et ils se dirent des choses douces dans les vieilles allées où jadis se promena Frédéric le Grand.

— Entrons-nous un instant au Château?

— Je l'ai visité, trop souvent, hélas! avec

feu de Holtz. Mais, enfin. une fois de plus, une fois de moins... Allons-y !

Ils entrèrent.

Le comte de Rau, très sérieux et plein de respect pour les souvenirs du grand Roi. donnait à sa maîtresse des explications qu'elle connaissait par cœur. Mais, ne voulant pas vexer le jeune homme. elle les écoutait avec une patience évangélique et sans bâiller.

— Voici la casquette que le Roi mettait d'habitude le matin, voici celle qu'il mettait le soir ; voici sa culotte ; voici la chaise sur laquelle il aimait à s'asseoir quand il était de bonne humeur ; voici son testament...

— Pourquoi diable est-il écrit en français? dit Mme de Holtz pour dire quelque chose.

— En ce temps-là, dit gravement le jeune comte, les monarques allemands se servaient beaucoup de la langue française. Heureusement, aujourd'hui, notre vieille langue allemande a repris ses droits à la Cour.

Ils revinrent à Berlin par le chemin de fer. Ils eurent la chance de se trouver seuls

dans un compartiment de première classe...
Et ils connurent la joie des amours secrètes
en wagon, si populaires en Allemagne.

———————

TYPES DE BERLIN

DANS LE MONDE

III

La première réception donnée par Mme de Holtz dans son hôtel de Potsdam avait réussi à souhait. Vingt-deux personnes — vingt officiers et deux dames — vinrent orner de leur présence les nombreuses pièces de cette charmante demeure.

Trois jours avaient suffi aux jeunes amoureux pour meubler cette demeure à leur goût. D'après l'avis de tout le monde, l'ameublement était parfait et confortable. Rien n'y manquait, chaque chose était à sa place, l'ensemble avait cette note berlinoise si moderne.

On ne voyait pas de ces meubles anciens et bizarres, de ces mille choses inutiles et surannées auxquelles se plaisent certaines personnes. Tout y était du plus pur style Guillaume II.

Mme de Holtz avait choisi le dimanche comme jour de ses réceptions hebdomadaires qui devaient avoir lieu dans la journée pour permettre aux maîtres de la maison et à leurs hôtes de disposer de leur soirée comme bon leur semblerait.

Il était entendu que l'on dînerait entre trois heures et quatre heures, qu'on passerait ensuite au salon pour faire un peu de musique et quelques tours de valse, et que l'on se séparerait vers six heures pour arriver à Berlin juste pour l'ouverture des théâtres.

Le premier dîner de cette série, le dîner de la crémaillère, fut servi avec un petit retard, bien excusable. On avait mis du temps à visiter l'hôtel, on s'était attardé surtout dans la chambre à coucher de madame à faire des plaisanteries sur la commodité des deux lits jumeaux qui s'y trouvaient côte à côte, selon l'usage adopté en Allemagne. Chacun avait trouvé un mot drôle, ces messieurs comme ces dames. Et c'était en riant que l'on entra dans la salle à manger et que l'on s'assit autour d'une grande table où vingt-quatre personnes étaient parfaitement à leur aise.

Les convives formaient un ensemble fort
agréable à voir. Les uniformes des hussards
se mêlaient à ceux des uhlans, des gardes du
corps et des cuirassiers ; les robes claires de
ces dames augmentaient la variété des tons de
de ce groupe multicolore.

Mlle Ida Beckmann, chanteuse légère du
Friedrich - Wilhelmstaedisches Theater et
Mlle Louise Holstein, demi-mondaine bien
connue à Berlin, représentaient avec Mme de
Holtz une sorte de petit triumvirat fémi-
nin, au milieu de tous ces messieurs.
Mlle Beckmann était venue avec le baron
Haussner dont, depuis quelques jours, elle
était la maîtresse. Quant à Mlle Holstein, elle
était une amie personnelle de la maîtresse de
la maison,

Cette amitié datait du lendemain de l'arrivée de Mme de Holtz à Berlin. Les deux jeunes
femmes s'étaient rencontrées chez la mère
Fritz, se prirent de sympathie l'une pour
l'autre et, au bout de quelques semaines, devin-
rent les meilleures amies du monde. Le jour
où Mme de Holtz entra dans la vie régulière, Louise Holstein se trouvait encore dans
une situation bien pénible. Elle n'avait pas
encore d'amant sérieux et était forcée de

chercher de quoi vivre au jour le jour chez
des procureuses de Berlin. Naturellement, il
avait été impossible à Mme de Holtz de la
présenter à son mari, mais elles se voyaient
très souvent chez la mère Fritz. Puis, un jour,
la Fortune sourit à la pauvre cocotte. Elle
fut remarquée par l'un des plus riches ban-
quiers berlinois, le comte de Schwartzkopf, qui
en fit sa maîtresse. A partir de ce moment,
elle cessa de se vendre à bon marché et devint
une des femmes les mieux cotées sur le marché demi-mondain de Berlin. Malgré cela,
Mme de Holtz, jusqu'à la mort de son mari,
ne pouvait la voir qu'en cachette. Maintenant
c'était fini. Les deux amies n'avaient plus
besoin de se cacher pour se voir et elles en
étaient très heureuses toutes les deux.

Louise Holstein avait vingt-quatre ans.
C'était une grande belle fille, blanche de peau,
rousse de cheveux, étincelante de bonne
humeur. Berlinoise pur-sang, elle jetait à
chaque instant des bons mots, fort appréciés
par ses voisins de table.

Ida Beckmann, une jolie juive de vingt
ans, était très gaie, elle aussi. Elle était native
de Cologne et se disait fille naturelle du chroniqueur parisien, Albert Wolff. Quand on lui

faisait remarquer que c'était bien douteux, puisque, d'après certains journaux français et allemands, Albert Wolff n'avait jamais eu et ne pouvait avoir d'enfants, elle répondait que ce n'était que l'air de Paris qui était défavorable à Wolff, mais que, chaque fois qu'il allait à Cologne se retremper parmi les siens, il ne manquait de rendre enceinte une des jeunes filles du pays. C'était, disait-elle, universellement connu aux bords du Rhin. Sa mère, à elle, avait été la victime d'un des voyages du célèbre chroniqueur.

Mme de Holtz, très en verve, augmentait, par ses plaisanteries à froid dont elle avait la spécialité, la bonne humeur générale. Pour se tenir au diapason, ces messieurs, de leur côté, s'efforçaient à faire de l'esprit, chacun selon ses moyens. Ces dames leur donnaient la répartie, en blaguant ferme ceux dont l'esprit était faible ou dont la langue n'était point suffisamment aiguisée.

Il était quatre heures et demie quand les convives, l'estomac bien rempli, passèrent de la salle à manger au salon où venait d'être servi le café. Un des officiers se mit au piano

et joua un morceau de Wagner. Ces dames
trouvèrent l'exécution très bonne et félicitèrent le jeune homme de comprendre si bien
le maître. Puis, elles réclamèrent une valse de
Millœcker. L'officier s'exécuta et les trois
dames firent valser, à tour de rôle, tous ses
camarades.

A cinq heures et demie, Mlle Ida Beckmann, qui devait jouer ce soir-là, s'en alla
avec le baron Haussner; à six heures, ce fut
le départ général. Le comte de Rau, qui avait
l'habitude de passer ses soirées du dimanche
dans sa famille, partit avec ses hôtes. Il laissa
sa maîtresse en compagnie de Mlle Louise
Holstein,

— Vous n'allez pas vous ennuyer toutes
les deux, dit un des officiers avec un petit
sourire malin.

Madame de Holtz fronça les sourcils; heureusement pour elle, le comte de Rau n'avait
pas compris l'allusion.

TYPES DE BERLIN

AU THÉATRE

IV

A neuf heures du soir de la même journée, toute la famille de Rau se trouvait réunie dans la salle à manger des parents du comte Hubert.

Cette famille se composait du général de Rau, de sa femme, de ses deux filles, Berthe et Pauline, de ses deux fils, Maximilien et Hubert. Le premier était le fils aîné du général. Il était attaché à l'ambassade d'Allemagne à Saint-Pétersbourg, mais venait très souvent à Berlin.

Le *Abendbrot* (1) était silencieux et morne. Le vieux comte souffrait de rhumatismes

---

(1) Repas du soir.

gagnés pendant la dernière guerre avec la
France, la comtesse avait mal à la tête, les
deux sœurs étaient fâchées entre elles et ne
s'adressaient pas la parole, et les deux frères
s'ennuyaient à crever.

Mlle Berthe avait dix-huit ans, Mlle Pauline en avait seize. Elles se détestaient mutuel-
lement. L'aînée était jalouse de la cadette qui
était plus jolie et mieux aimée des parents ;
la cadette en voulait à l'aînée d'avoir déjà un
fiancé, tandis qu'elle, on la considérait encore
comme une enfant à qui une poupée pouvait
suffire, elle qui avait cependant des idées
bien nettes sur l'amour et qui avait une envie
folle de se marier.

Sans aller jusqu'à l'animosité, les relations
entre les deux frères n'étaient pas non plus
très cordiales. L'aîné traitait le cadet un peu
en gamin, celui-ci considérait l'autre comme
un poseur.

On se leva de table à dix heures et l'on
passa au salon. Au même moment, le valet de
chambre annonça le colonel, baron de Hessen-
dorf, fiancé de Mlle Berthe.

Après les cérémonies d'usage, le colonel
— un grand monsieur chauve portant une

barbe blonde et des lunettes — demanda au général des nouvelles de sa santé.

— Ça ne va pas bien, répondit le comte. Mon rhumatisme de la jambe gauche a fait des petits; je le sens maintenant dans la jambe droite et dans les reins.

On causa politique.

Le vieux comte trouvait que l'empereur avait eu raison de renvoyer Bismarck, et était indigné de la campagne que ce dernier menait contre le gouvernement. Le baron était du même avis.

— Bismarck, le plus grand diplomate du siècle, a été chassé comme un laquais, dit tout à coup Maximilien de Rau.

Le général s'emporta.

— Tu es trop jeune, dit-il à son fils, pour juger les actes de l'empereur.

— L'empereur est jeune aussi...

— Allons, tais-toi! s'écria le vieillard furieux.

Cette dispute jeta sur tout le monde un froid glacial.

Maximilien de Rau ne dit plus rien, mais au bout de quelques minutes, il s'esquiva à l'anglaise. Le baron changea de conversation, et, s'adressant à sa fiancée, lui demanda quel était le pays qu'elle désirait connaître avant les autres.

— C'est l'Italie, répondit Mlle Berthe.

— Vous avez raison, fit le baron, c'est le plus beau pays du monde...

— Après l'Allemagne, interrompit Hubert de Rau.

— Naturellement.

— Je ne sais ce que tu trouves de beau en Allemagne, dit Mlle Pauline.

— Tout, mon enfant, fit le jeune homme sur un ton de professeur.

Le général sourit avec bienveillance.

— Elle plaisante, dit-il.

— Pas du tout, insistait la petite demoiselle, — et pour ce qui est de moi, je préfère beaucoup la France à l'Allemagne.

— Je voudrais épouser un Français, ajouta-t-elle d'un air sentimental... Les Français sont chevaleresques, spirituels, gracieux..,

— Tu dis des sottises, ma chère fillette, lui fit observer avec douceur la comtesse.

— Je t'apporterai un fiancé attaché à ma selle, s'écria Hubert de Rau.

— Allons, allons, ne vous chamaillez pas,
dit le vieux comte. Pauline plaisante, et puis,
enfin, quoi, les Français sont des hommes
comme nous... ils ont des qualités...

— Hubert a raison d'être patriote, fit
Mlle Berthe d'un ton sec. Je n'aime pas ceux
qui ne respectent pas la patrie...

— Et moi, je n'aime pas ceux qui m'en-
nuient, riposta Pauline, et, se levant brusquement, elle sortit du salon.

La comtesse, l'air contrarié, pria le baron
d'excuser la jeune fille, — si jeune, si enfant
encore ! — et sortit à son tour. Elle revint au
bout d'un quart d'heure et dit que Pauline,
étant indisposée, était allée se coucher.

Comme il était déjà onze heures passées,
le baron prit congé des maîtres de la maison,
serra affectueusement la main à Mlle Berthe,
et sortit, suivi de Hubert, qui s'en allait, lui
aussi.

Une fois dans la rue, le colonel proposa
au sous-lieutenant d'aller prendre avec lui un
petit verre de bénédictine. Le jeune homme
accepta et monta dans la voiture du baron.
Quelques minutes plus tard, ils étaient attablés
au café Bauer.

Ils restèrent une demi-heure à siroter leur
liqueur et à contempler les autres consomma-
teurs qui leur rendaient la pareille. Puis, le
baron demanda l'addition, s'opposa à ce que
le jeune comte payât sa part, régla le tout,
donna dix pfennigs de pourboire au garçon
qui fit *Danke schön!* (1) avec un grand salut,
— et les deux futurs beaux-frères sortirent du
café. Ils se serrèrent la main avec un sourire
amical, le baron monta dans sa voiture, le
comte héla un fiacre, et, l'un comme l'autre,
allèrent se coucher.

(1) Merci bien.

TYPES DE BERLIN

COCHER DE DROSCHKE

UN BON VIVANT

V

Une indisposition passagère de Mme de Holtz s'étant prolongée outre mesure, le comte de Rau s'était décidé à lui faire une première infidélité, au bout de la quatrième semaine de leur liaison.

Ne voulant pas aller chez la mère Fritz, vu les relations amicales de cette dernière avec Mme de Holtz, il prit la résolution de se procurer une femme dans un café-concert ou dans un bal public.

Toute vadrouille étant plus agréable à deux, de Rau avait proposé à son ami, le baron Haussner, de lui tenir compagnie au cours de son expédition nocturne. Haussner y consentit volontiers ; sa liaison avec Ida

Beckmann ne l'empêchait nullement de coucher avec d'autres femmes et de courir les joyeux *Lokale* (1) de Berlin.

A dix heures du soir, vêtus d'habits civils, les deux jeunes gens entraient à l'*Academy of Musik,* le café-concert, bien connu de la Friedrichstrasse. Ils s'assirent à côté de l'estrade sur laquelle les étoiles de la maison, en toilettes fort décolletées, étalent leurs charmes et hurlent des chansons grivoises.

Une *Kellnerin* (2) s'approcha : les officiers commandèrent une bouteille de champagne, et, ostensiblement, laissèrent leurs verres vides. Aussitôt les regards du public se tournèrent de leur côté ; on avait compris que l'on avait à faire à des personnages du grand monde. Ce public se composait principalement de viveurs de moyenne marque, de commerçants, de boursiers, de journalistes. Les traits sémites de la moitié des spectateurs, les robes exotiques des chanteuses, et les costumes de voyage de quelques étrangers dispersés dans la salle, donnaient à cette assemblée un caractère nettement cosmopolite.

---

(1) Etablissements.
(2) Fille de brasserie.

Sur l'estrade, une femme chantait. Elle
était brune et jolie, avait le type indécis,
montrait jusqu'aux genoux ses jambes serrées
dans des bas noirs, et jusqu'au ventre ses
seins roses, jouissant d'une liberté absolue ;
sa robe, si courte et si échancrée, d'une étoffe
rouge, était ornée de rubans bleus et blancs.
C'était une robe tricolore..., et pour cause...
La personne qui la portait était « la Française » de l'établissement. Naturellement, elle
était Allemande... d'origine, comme toutes
ses compagnes étrangères : Russes, Anglaises,
Suédoises et Polonaises.

Cette diva, qui devait personnifier la corruption française, chantait une chanson dont
les paroles étaient françaises et allemandes,
par moitié :

> *Es war einmal ein* (1) bon vivant,
> *Und eine* (2) dame de cour,
> Il était *rechter* (3) courtisan,
> *Und sie* (4) fait' pour l'amour.

Tel était le commencement de ce *Lieber-*

---

(1) Il y avait une fois un.
(2) Et une.
(3) Véritable.
(4) Et elle.

Lied (1) qui racontait dans les strophes suivantes les amours du courtisan et de la dame. Le monsieur avait bien rempli ses devoirs, mais la belle était inassouvie : « Encore ! encore ! ! » disait-elle.

> *Ach, bleiben sie noch, mein Herr* (2
> Je vous en prie mon vieux !

« Non », répondait l'homme avec une franchise bien prussienne :

> J'en ai assez, *Ich kann nicht mehr* (3,
> Non, non, non ! Nom de Dieu !

Le public trouva la chanson « colossale » et la bissa deux fois.

— Elle est bien gentille, cette chanteuse, dit de Rau à son ami, nous pourrions l'inviter à boire avec nous.

La voix de quelqu'un qu'il n'avait pas aperçu et qui se trouvait derrière lui, lui dit presque dans l'oreille :

— Venez donc chez Malepartus, vous en trouverez des plus jolies.

— Qu'est-ce que c'est ? fit de Rau étonné.

---

(1) Chanson d'amour.
(2) Ah ! restez encore, Monsieur.
(3) Je ne peux plus.

Aussitôt, cependant, il éclata de rire en reconnaissant dans le personnage, qui s'était permis de lui parler ainsi par derrière, le frère cadet du baron Haussner, étudiant en médecine et habitué fervent de cafés-concerts et de bals publics.

— Tiens, vous êtes ici, dit-il, en lui tendant la main.

— Naturellement, fit le baron Julius Haussner, comment voudrais-tu qu'Alexander ne fût pas là ?...

— Mon frère est jaloux de mes relations dans le monde artistique ! cria l'autre avec un gros rire.

Puis, en insistant,

— Venez donc avec moi chez Malepartus, vous ne le regretterez pas... Vous vous amuserez bien.

Les officiers se consultèrent et consentirent à la proposition de l'étudiant.

Un quart d'heure plus tard une voiture emportait les trois jeunes gens au concert Malepartus situé dans l'*Alexandrinenstrasse* et fréquenté spécialement par des étudiants.

En entrant, ils furent accueillis par des

5

« *Hoch!* » (1) frénétiques. La salle était remplie d'étudiants qui poussaient des cris
d'animaux et empêchaient de chanter un couple
d'artistes — un vieux berger et une jeune
bergère, — qui étaient en train d'exécuter un
duo d'amour.

Alexander Haussner présenta aux officiers
ses trois meilleurs amis Karl Nobel, Max
Richter et Stanislas Kostromski, étudiants en
médecine comme lui. Ces jeunes gens avaient,
tous les trois, un air mi-martial, mi-bon enfant
et des cicatrices sur les joues. Alexander
Haussner, d'ailleurs, avait, lui aussi, la figure
cicatrisée. Tout étudiant allemand qui tient
au respect de ses camarades doit posséder
cette preuve palpable de son courage. Un duel
au *Schlæger* (2) laisse presque toujours des
traces sur les figures des deux combattants.
Plus on a de cicatrices, plus on a eu de duels.

Les officiers s'assirent au milieu de leurs
nouvelles connaissances et commandèrent de
la bière de Munich. Et l'on trinqua avec des
Prosit! (3) de rigueur.

---

(1) Hourrah.
(2) Rapière.
(3) A votre santé !

Sur la scène, le berger et la bergère cédè-
rent la place à un gymnasiarque anglais. Les
étudiants l'accueillirent par des sifflets et des
morceaux de sucre qu'ils lui lançaient en pleine
figure.

Sans y faire attention, — il y était habitué,
— le gymnaste s'adonna à ses exercices. Mais
le patron de l'établissement, le *Prinzipal*, un
gaillard solide et n'ayant point peur de ses
clients, pria ceux qui faisaient le plus grand
vacarme de quitter la salle. Les protestations
ne servirent à rien ; deux gardiens de la paix
se tenaient à la porte prêts à intervenir.
Aussi ceux qui avaient reçu l'ordre de sortir,
finirent par se soumettre, ne voulant pas être
conduits au commissariat de police.

Ils étaient cinq en tout. Ils sortirent lentement, l'air digne, après avoir envoyé au public,
avec leurs chapeaux, un grand salut d'adieu.
Une trentaine de leurs camarades trouvant
injuste la façon d'agir du patron, se levèrent
en masse et sortirent à leur tour, en chantant
à tue-tête une chanson populaire à la mode.

Un d'eux, en passant à côté du patron, lui
toucha la barbe. Cela ne faisait point l'affaire
de ce dernier qui se fâcha pour de bon et pria
les deux agents de prendre le nom de l'étu-

diant. Les agents, obéissants, lui barrèrent le passage et ne le laissèrent partir avant qu'il ne leur eût montré ses papiers.

Pour venger leur camarade, ceux qui l'accompagnaient firent à la porte un tel vacarme que les gardiens de la paix les menacèrent de les faire arrêter tous. Sachant que les agents étaient capables de tenir leur parole, de fermer la porte et de demander du renfort au commissariat voisin, ils cessèrent de crier pour un instant, pour se rattraper aussitôt qu'ils seraient sortis dans la rue...

Les deux hussards se sentaient mal à leur aise dans cette société si bruyante, et ils brûlaient d'envie de la quitter.

— Mais il n'y a rien à faire ici, dit enfin de Rau à Alexandre Haussner ; allons-nous-en ailleurs...

— Nous avons eu tort de l'écouter, fit Julius Haussner, Alexander est un farceur...

— Si je suis un farceur, vous êtes des moules ! Vous ne savez pas vous amuser... Mais enfin, si vous tenez tant à quitter cet endroit si agréable; Malepartus, Malepartus, Malepartus ! (c'est en chantant sur l'air de « Fatinitza. Fatinitza, Fatinitza ! » qu'il répéta trois fois ce nom de Malepartus) — allons aux *Blumen-Saele*.

Et, en s'adressant à ses trois camarades, il ajouta :

—Karl, Max, Stanislas ! voulez-vous venir danser avec nous ?

— *Ia wohl !* répondirent en chœur les trois étudiants. Hubert de Rau et Julius Haussner se levèrent aussitôt, et se dirigèrent vers la porte, suivis des quatre étudiants. Dans la salle, on crut à une nouvelle manifestation contre le patron, et des hurlements prolongés. approuvèrent cette sortie.

Le bal public répondant au nom des *Blumen-Saele*, sert de rendez-vous à des noceurs berlinois qui y vont chercher des femmes, généralement jolies et bien faites, et dont le prix varie entre quinze et trente marcks. Elles sont attachées à la maison, l'administration du bal les paye comme les employées qui servent à attirer la clientèle ; elles ne travaillent pas cependant sur place, mais à domicile, dans une maison de passe ou, fort souvent, en voiture... Comme à Paris, à Berlin les gens *bien* ne dansent pas dans les bals publics de cette catégorie-là, mais à Berlin le danseur payé n'existe pas. Aussi, aux *Blumen-*

Sacle, comme dans les autres établissements similaires, les femmes dansent-elles généralement entre elles, en attendant qu'un monsieur leur fasse signe et leur paye à boire. Quelquefois cependant, des noceurs de petite marque, des étudiants ou des étrangers en goguette, changent les coutumes habituelles, en se mettant de la partie.

Il était onze heures et demie quand les deux officiers et les quatre étudiants entrèrent aux *Blumen-Sacle*. La salle de danse était remplie de femmes ; quelques-unes dansaient, d'autres buvaient du champagne avec des messieurs.

Les jeunes gens entrèrent dans un petit salon voisin, séparé de la grande salle par un simple rideau, et commandèrent du champagne. Plusieurs femmes vinrent les rejoindre, et ils leur donnèrent à boire. De Rau et Julius Haussner choisirent chacun une des femmes qui venaient d'entrer et leur dirent de suite qu'ils les retenaient pour deux heures : quant aux étudiants, ils répondirent aux belles qui s'étaient assises sur leurs genoux, que leurs femmes les attendaient dans un *Bier-Palast*(1),

---

(1) Palais de bière : grande brasserie.

et que, par conséquent, il ne fallait pas compter sur eux,

— Pas d'amour, mais de la danse, tant que vous voudrez! cria Alexander Haussner.

— La danse, je m'en moque, dit une des femmes; c'est de l'argent qu'il me faut.

Et, avec un rire plein de mépris, elle quitta la société des jeunes gens.

Une autre, cependant, consentit à faire une valse avec Alexander; Nobel, Richter et Kostromski trouvèrent aussi des danseuses, — et les hussards restèrent seuls dans le petit salon avec les deux donzelles qu'ils avaient retenues. Ces demoiselles étaient très bavardes. En dix minutes, elles racontèrent aux jeunes gens toutes leurs petites affaires. Elles demeuraient ensemble dans une maison bourgeoise, chez une dame très honnête. Elles n'éprouvaient aucun plaisir à venir tous les soirs aux *Blumen-Saele*, mais elles étaient forcées de le faire pour pouvoir vivre d'une façon convenable, payer leur logeuse, leur blanchissage et leurs toilettes, et mettre quelque argent de côté. Elles n'avaient pas de *Schatz* (1),

_____

(1) Trésor; en argot : amant de cœur.

disaient-elles, et n'approuvaient point celles
de leurs camarades qui s'amusaient à entre-
tenir des hommes. Elles n'étaient pas, non
plus, portées pour les femmes, et ne compre-
naient pas ce vice-là. Elles n'aimaient que
des messieurs bien, qui sont polis pour les
dames et leur donnent de l'argent.

L'entrée des étudiants, qui avaient fini de
danser, interrompit le bavardage des deux
filles. Alexander Haussner proposa de quitter
les *Blumen-Saele* et d'aller au *Bier-Palast*
voisin, où la majorité des *Kellnerin* (1)
étaient d'une beauté *colossale*.

Les officiers ne demandaient pas mieux
que de quitter le bal de suite. Mais, avant
d'aller à la brasserie, si chaudement recom-
mandée par Alexander, ils tenaient à accom-
pagner chez elles les deux demoiselles et à
rester en leur compagnie quelques instants.

Il fut donc entendu d'un commun accord
que les étudiants se rendraient de suite au
Bier-Palast mentionné, et que les officiers
iraient les y rejoindre, une fois leur petite
séance d'amour terminée.

_____

(1) Fille de brasserie.

TYPES DE BERLIN

CHANTEUSE DE CAFÉ-CONCERT

VI

La brasserie où les étudiants allèrent attendre les officiers était un hall énorme avec trois rangées de petites tables, et, sur les murs, des peintures criardes rappelant les scènes principales de la dernière guerre franco-allemande.

Ce *Bier-Palast*, très à la mode, était rempli d'un public mêlé, appartenant à de différentes classes de la bourgeoisie. On y voyait des fonctionnaires, des professeurs, des rentiers, des marchands. Les uns — la majorité — causaient bruyamment, gesticulaient, expliquaient en des phrases longues, pompeuses, des choses vulgaires de la vie quotidienne : d'autres, solitaires, restaient silencieux dans leurs coins respectifs, se contentant d'écouter

ce que l'on disait à droite et à gauche autour
d'eux.

Un brouillard de fumée rendait l'air de la
salle lourd et difficile à respirer, et grisait les
cerveaux de toute cette bétaille humaine, non
moins que la bière et l'abondance de paroles.

Les hussards manquèrent à leur parole. Ils
ne vinrent point au *Bier-Palast* où les étudiants les attendaient en vidant leurs demi-
litres de bière de Munich.

— Mon frère m'a trahi ! s'écria tout à coup
Alexander Haussner, s'apercevant qu'il était
déjà une heure et demie du matin.

Et il ajouta en embrassant la *Kellnerin* qui
servait à sa table :

— Je m'en moque, pourvu que tu ne me
trahisses pas, ô ma belle !...

La *Kellnerin*, point, cruelle pour ses
clients, répondit en riant :

— Soyez tranquille, je vous aimerai... jusqu'à demain...

Et elle tint sa parole. Après la fermeture
du *Bier-Palast,* elle s'en alla au bras
d'Alexander, tandis que Nobel et Richter
emmenaient deux autres filles de brasserie qui

n'avaient pas, pour cette nuit, d'engagements plus sérieux.

Quant au jeune comte Kostromski, fils d'un des plus gros propriétaires de la Pologne prussienne, qui étudiait la médecine à Berlin, pour son plaisir, car il était suffisamment riche pour se passer de métier, il quitta ses amis et s'en alla prendre un bock chez Trinkher, café à femmes de troisième ordre de la Chaussée-Strasse.

Kostromski, réputé parmi ses camarades, comme le plus grand original qu'on ait jamais vu à Berlin, était doué d'un tempément très bizarre. Il ne se couchait jamais avant cinq heures du matin. Vers deux heures, quand tous ses amis, même les plus noceurs, se sentaient fatigués et regagnaient leurs domiciles respectifs, il s'en allait seul vadrouiller à travers les rues et ruelles de la capitale endormie.

Il connaissait mieux que personne les bas-fonds de Berlin et était très populaire dans le monde des filles en carte et des souteneurs. Il aimait à causer avec eux, à leur payer à boire et à leur rendre de petits services pécuniaires. Il lui arrivait souvent d'entrer chez Trinkher ou dans un autre endroit similaire avec

quelques centaines de marks dans la poche
et d'en sortir sans un *pfennig* (1). Il avait
donné vingt marks à une jeune fille qui,
depuis deux jours, n'avait pas trouvé de
client, cinquante marks à une autre qui
n'avait pas de quoi payer la nourrice de son
enfant, cent marks à un souteneur qui désirait quitter son métier actuel et entrer dans
la vie régulière, sans compter les nombreuses
pièces blanches distribuées parmi toutes les
femmes qui venaient s'asseoir à sa table.

La fréquentation de ce monde interlope
avait rendu Kostromski très sceptique. Il
était arrivé, à force de causer avec les souteneurs et les filles connaissant bien tous les
dessous de Berlin, à se faire une opinion très
peu flatteuse de toutes les classes de la société
berlinoise.

C'était surtout un nommé Schultz, un
homme de cinquante ans, ancien domestique,
devenu souteneur, qui se chargeait à chaque
occasion de dissiper le reste des illusions du
jeune homme.

Schultz se trouvait justement au café
Trinkher au moment où, après avoir quitté

---

(1) Monnaie allemande : centième partie d'un mark.

ses trois amis, Kostromski y vint passer quelques instants.

— Bonjour, monsieur le comte, fit-il en s'approchant de la table à laquelle venait de s'asseoir l'étudiant.

— Bonjour, mon brave Schultz, as-tu soif?

— Certainement, comme d'habitude...

Le jeune comte commanda de la bière. Immédiatement, plusieurs filles vinrent lui dire bonjour et furent invitées à sa table.

Le café était déjà à peu près vide. On n'y voyait plus que quelques pochards attardés, des agents en bourgeois, des filles et des souteneurs, se rafraîchissant après les fatigues de la soirée.

— Eh bien, quoi de nouveau, mes filles? demanda le jeune homme aux femmes assises à sa table qui se mirent à lui raconter leurs petits malheurs quotidiens.

Celle-ci fut trompée par un homme indélicat en qui elle avait eu confiance et lui avait fait un crédit de quelques heures; celle-là, arrêtée par un agent mal luné, fut retenue toute la journée à la préfecture de police; une autre se croyait enceinte et maudissait l'homme qui l'avait mise dans cet état.

Après avoir avalé trois ou quatre demi-litres de bière de Munich, Schultz, selon son habitude, prit la parole.

Le comte Kostromski venait justement de demander à une des femmes assises à sa table, originaire de Francfort, si elle se plaisait à Berlin.

— J'aimerais bien Berlin, répondit-elle, si la vie y était moins chère et si les hommes étaient moins économes. Mais ils calculent tant quand il s'agit de donner de l'argent à une femme !...

— Ah ! il est propre notre Berlin, s'écria Schultz. En bas, la misère la plus noire, en haut le vice le plus effréné, au milieu l'hypocrisie, le mensonge et la duperie mutuelle. Les bourgeois nous méprisent, nous souteneurs, mais ils oublient que nous valons beaucoup mieux qu'eux. Nous protégeons nos maîtresses qui sont forcées de vendre leur corps pour ne pas crever de faim dans la rue, mais nous ne vendons pas nos filles et nos femmes légitimes, comme le fait une grande partie des magistrats et des fonctionnaires de l'Etat...

« On nous parle des vertus prussiennes...
Allons donc! Mensonge, tout cela. La majorité des Prussiennes ont le tempérament des
filles à soldats. Elles font des manières avec
un civil; un militaire n'a qu'à siffler et elles
accourent à ses pieds. Quant aux hommes, —
je ne parle pas des ouvriers qui sont des bêtes
de somme dignes de pitié, mais des aristo-
crates et des bourgeois, ils sont égoïstes,
ivrognes et brigands dans l'âme. Je suis Prussien, moi-même, donc j'ai le droit de le
dire...

» Ah! les vertus prussiennes, elles sont
jolies! Allez dans la *Friedrichstrasse* et dans
le hall du *Central-Banhof*. Vous y verrez la
quintessence des mœurs berlinoises que toute
l'Allemagne se pique d'imiter aujourd'hui...
La prostitution féminine, c'est au moins
naturel, ça se comprend... Mais l'autre?... La
police, au nom de la morale, ferme les maisons publiques et arrête les filles non sou-
mises au contrôle de l'Etat, mais elle
n'inquiète point les individus qui leur font
concurrence... La morale prussienne! laissez-
moi rire, puisque j'ai oublié de pleurer!... »

Le brave Schultz s'arrêta un instant, vida
un nouveau demi-litre et termina de cette

façon son petit discours de pathologie sociale :

— Dans dix ans d'ici, — c'est moi qui vous le dis, — toutes les filles de Berlin s'en iront en Amérique. Il ne restera plus pour satisfaire nos bourgeois que les représentants du troisième sexe... et les bêtes. Et alors, Berlin changera de nom. Il s'appellera Sodome...

———————

TYPES DE BERLIN

MONSIEUR ALPHONSE

VII

De Rau et Haussner n'étaient restés qu'une heure chez les demoiselles des *Blumen-Saele*. Mais une fois dans la rue, ils n'eurent point envie de rejoindre, comme cela avait été convenu, Alexander et ses trois amis, dont le genre de gaieté les choquait. Même au cours d'une vadrouille et en civil, ils se devaient du respect; leur place n'était pas à côté des gamins dans un *Bier-Palast*. Aussi, ils prirent la résolution de laisser en plan les étudiants et d'aller prendre une tasse de chocolat au Café National, un des plus renommés cafés à femmes berlinois, dans le genre du Café Américain à Paris. Ils espéraient y rencontrer leur camarade de Bayer, habitué fervent de cet endroit.

En effet, ils l'y rencontrèrent. Joseph de Bayer était assis au fond de la salle dans un petit coin tranquille, en train de causer avec la grande Sarah, une juive de quarante ans, ancienne prostituée devenue entremetteuse. Elle n'osait pas s'asseoir à côté de l'officier : elle se tenait debout, lui disant à voix basse des choses qui semblaient l'intéresser énormément.

Ayant aperçu ses amis, de Bayer, parut très joyeux, et dit à Sarah :

— Vous voyez, cela va très bien ; nous sommes trois, alors j'accepte...

De Rau et Haussner s'assirent à côté de leur camarade.

Quelques filles non occupées vinrent leur parler, mais de Bayer les renvoya d'un geste. Puis, il expliqua à ses amis que la grande Sarah tenait à la disposition des amateurs, enfermées à l'heure qu'il était dans son logement, trois fillettes de dix, onze et douze ans... avec lesquelles on pouvait s'amuser sans danger. C'était cinquante marks par tête.

— J'ai accepté en votre nom... J'ai bien fait, n'est-ce pas ?

De Rau et Haussner se regardèrent et eurent tous deux un sourire bon enfant.

— C'est que nous venons justement de nous amuser avec des danseuses des *Blumen-Saele*, fit Haussner, mais...

— Mais, puisque tu t'es engagé, nous acceptons, dit de Rau.

— D'autant plus, ajouta Haussner, que cela va être assez divertissant...

Puis, s'adressant à la grande Sarah, et la regardant sévèrement :

— Mais il n'y a pas de scandale à craindre, hein ?...

— Aucun, monsieur, j'en réponds... Vous me connaissez et vous savez que je suis sérieuse en affaires... Et d'ailleurs, je compte sur vous... Vous ne ferez pas de mal à ces enfants. C'est tout simplement une affaire de s'amuser un peu. Elles vous feront quelques chatteries... vous leur en ferez autant, et voilà...

Elle montra ses grandes dents blanches et rit discrètement.

Il y eut un court silence...

— A qui appartiennent-elles, ces fillettes ?

demanda de Rau au bout de quelques
instants.

— Ce sont des cousines à moi, répondit la
grande Sarah. Leurs parents, des pauvres
gens, petits commerçants de Posen, me les
ont confiées pour en tirer quelque chose.
Elles ont de la veine de tomber entre mes
mains. En voilà des morveuses qui vont
gagner facilement leur vie et celle de leurs
parents!... Je n'avais pas eu cette chance, moi,
quand j'étais à leur âge...

— Eh bien, partons, fit tout d'un coup de
Rau, que les paroles de la femme avaient
impressionné vivement et qui était devenu
rouge d'émotion lubrique.

Quelques minutes plus tard, la grande
Sarah s'esquiva doucement du café ; les trois
officiers la suivirent lentement jusqu'à son
logis qui se trouvait à côté.

TYPES DE BERLIN

TROTTEUSES

VIII

Le lendemain matin, au champ de Tempelhof, Guillaume II passait en revue les troupes de Berlin.

A midi, entouré de son état-major et précédé par la musique de la garde, l'empereur, en cuirassier blanc, rentrait dans sa bonne ville de Berlin.

A la tête de leurs escadrons, montés sur des chevaux superbes, magnifiquement vêtus de leurs costumes de parade, resplendissants de crânerie et de belles étoffes, Hubert de Rau et ses camarades suivaient leur monarque.

Les rues de Berlin étaient remplies de curieux, et des hourrahs frénétiques saluaient à chaque pas le passage de l'empereur de tous les Allemands.

Dans la *Unter den Linden,* une grande manifestation patriotique eut lieu. Un groupe de jeunes filles, vêtues de robes blanches, était venu saluer le monarque. Celui-ci arrêta son cheval et adressa à la foule un *speech* de circonstance.

Il parla de la grandeur de l'Allemagne réunie, et des vertus allemandes. Il avoua l'émotion qu'il éprouvait toujours à la vue des vierges de Prusse, mères de famille de l'avenir...

Un grand « Hoch ! » répondit aux paroles impériales, et le cortège suivit son chemin.

Malgré leur tenue rigide de soldats infatigables, de Rau, Haussner et de Bayer se sentaient très éreintés et mal à l'aise sur leurs selles. Ils ne s'étaient point couchés cette nuit. S'étant amusés avec les petites cousines de la grande Sarah jusqu'à quatre heures du matin, ils eurent à peine le temps de passer chez eux à la hâte, de se laver et de mettre leurs uniformes, pour se trouver à la caserne à cinq heures précises. La revue avait commencé à six heures, et l'empereur, comme d'habitude, avait fait bien travailler ses troupes... Aussi, les jeunes gens, le corps mouillé de sueur sous leurs pelisses coquettement jetées sur l'épaule gauche, la tête brûlante d'insomnie et succombant sous le poids des kolpacks fourrés, se sentaient tout abrutis. Les manifestations patriotiques de la rue les laissaient indifférents, et ils ne pensaient qu'aux bonnes heures de sommeil auquel ils allaient se livrer tout à l'heure...

A peine arrivés à la porte de la caserne, — après avoir accompagné le monarque jusqu'au palais impérial, — ils se séparèrent, et partirent au grand trot, chacun de son côté, à leurs domiciles respectifs.

Aussitôt qu'il fut rentré chez lui, Hubert de Rau se déshabilla et se jeta sur son lit. Quelques secondes après, il dormait d'un sommeil de brute fatiguée, se vautrant, heureuse, dans sa niche. Tout à coup, il fut réveillé par quelqu'un qui le tirait par la main. Il ouvrit les yeux, et il vit, avec le plus grand étonnement, son frère Maximilien dont la figure bouleversée semblait annoncer un malheur.

— Qu'est-ce qu'il y a? s'écria-t-il.

— Une chose effroyable!... Pauline a disparu...

Hubert de Rau sauta au bas du lit.

— Comment? Elle a disparu?... Je ne comprends pas...

Le comte Maximilien donna les détails.

Mlle Pauline de Rau était rentrée dans sa chambre, comme d'habitude, la veille au soir, après le souper. Personne ne la vit sortir. Et, cependant, elle avait dû sortir pendant la nuit, car, le matin, on trouva son lit intact, ce qui prouvait qu'elle ne s'était point couchée.

Ce n'est que vers onze heures que l'on s'aperçut de sa disparition. La femme de chambre de la jeune fille, affolée, vint prévenir la comtesse qui eut une attaque de nerfs. Comme le général et le comte Maximilien étaient absents, elle attendit leur retour dans une angoisse terrible, ne sachant point quel parti prendre, n'osant prévenir personne de ce qui venait de se passer.

En ce moment, le général se trouvait chez le préfet de police. Mais le comte Maximilien n'avait pas grande confiance en l'habileté du préfet. Il désirait diriger les recherches lui-même.

Le comte Hubert écouta le récit de son frère, absolument abasourdi. Toute cette histoire lui paraissait tellement monstrueuse, tellement invraisemblable qu'il se demandait si Maximilien ne s'amusait pas à le mystifier. Il dut écarter cependant ce soupçon instantané. Son frère disait bien la vérité, sa figure bouleversée, sa voix tremblante le prouvaient.

— Mais comment a-t-elle pu sortir, s'écriat-il, sans être aperçue de personne?...

— Il est à supposer qu'elle avait attendu que les domestiques fussent couchés, qu'elle descendit tout doucement l'escalier, traversa le couloir de l'hôtel et sortit par la petite porte du jardin dont, justement, on ne put retrouver la clef ce matin...

— Mais pourquoi aurait-elle fait tout cela, grand Dieu?...

— C'est ce que nous nous demandons tous!...

Et, après un instant, le comte Maximilien ajouta à voix basse:

— Il n'y a qu'une hypothèse sérieuse... Elle a dû fuir avec un amant.

— Un amant?...

— Mais oui, mon cher. C'est triste à dire, mais ça ne peut pas être autre chose. Elle était si bizarre,,. il lui venait souvent des idées tellement surprenantes...

— C'est vrai... Mais quel est donc le misérable qui l'a salie et qui lui a fait quitter la maison paternelle?... Soupçonnes-tu quelqu'un?...

— Non, je ne vois personne parmi les gens que je connais qui me semblerait capable d'une pareille lâcheté...

Les deux frères restèrent quelques minutes silencieux.

— Mais habille-toi! s'écria tout à coup le comte Maximilien; notre place est maintenant à la préfecture de police.

TYPES DE BERLIN

UN RENTIER

UN COUPLE HONNÊTE

IX

Aussitôt que le général de Rau eut expliqué
au préfet de police le malheur qui l'amenait
dans son cabinet, le fonctionnaire envoya un
de ses employés à l'hôtel de Rau avec l'ordre
de lui amener, séance tenante, la femme de
chambre de la fugitive, et il pria le comte
d'attendre le résultat de l'interrogatoire de
cette femme. Il était persuadé que cet inter
rogatoire ne manquerait pas de fournir à la
police des indications précieuses pour les
recherches qu'elle allait entreprendre.

Une demi-heure plus tard, tremblante de
peur, la servante favorite de la famille de Rau
franchissait le seuil du *Polizei-Præsidium*.

C'était une fille de vingt ans, assez jolie,

l'air convenable, vêtue avec une certaine recherche.

On la fit entrer dans le cabinet du préfet; le comte s'était retiré dans la pièce d'à côté, afin d'être témoin invisible de la scène qui allait se passer.

Pendant les premières minutes qui suivirent l'entrée de la bonne, le fonctionnaire fit semblant de ne pas voir, paraissant absorbé dans la lecture des pièces officielles placées sur son bureau.

— C'est vous, Aurélia, domestique du comte de Rau? fit-il soudain d'une voix sévère, en toisant la bonne.

— Oui, monsieur.

— J'apprends de jolies choses sur votre compte, continua le préfet. Abusant de la confiance de vos maîtres, vous avez facilité l'enlèvement de leur fille...

— Mais, monsieur, pas du tout... je suis innocente, balbutia la fille.

— Ne mens pas, misérable! cria le fonctionnaire d'une voix de tonnerre. Je sais tout...

Et pendant que la domestique se mettait à pleurer, il sonna.

Un employé apparut.

— Faites venir deux agents! fit le préfet.

— Grâce! grâce! ne me mettez pas en prison! Je vous jure que je suis innocente! gémit la femme de chambre en apercevant sur le seuil de la porte deux agents en uniforme qui étaient entrés à pas de loup, et qui, l'air martial et intraitable, la regardaient comme une proie, prêts à bondir sur elle au signal de leur chef.

— Ah! tu ne veux pas aller en prison! siffla le préfet, et tu continues à jouer avec nous une comédie... Nous savons tout, entends-tu? Et, en désignant de la main les pièces qu'il paraissait lire tout à l'heure :

— Voici des rapports de police qui te concernent. Mes agents affirment que c'est toi qui as aidé Mlle de Rau dans sa fuite. Ce n'est pas la peine de nier... tu iras en prison quand même. Il n'y a qu'une chose qui peut te sauver, c'est la franchise...

— Mais, monsieur, je vous dis la vérité... ce n'est pas de ma faute si Mlle Pauline est partie. Je ne pouvais pas l'en empêcher...

— Il fallait prévenir les parents!

— Je n'ai pas osé...

7

— Et les lettres que tu portais à son amant ?... fit brusquement le préfet en envoyant à la bonne un regard scrutateur.

La servante se couvrit la figure de ses deux mains, sans dire un mot. C'était un aveu.

— Eh bien, tu vois que je sais tout... J'espère que tu ne t'amuseras plus à nous vanter ton innocence !...

— Non, monsieur,

— A la bonne heure ! Alors, procédons par ordre. Depuis quand Mlle de Rau le connaissait-elle ?

— Mais, monsieur, elle ne le connaissait pas du tout auparavant..,

— Elle ne le connaissait pas auparavant?.., C'est évident qu'elle ne pouvait pas le connaître avant...

Voyant que la fille ne finissait pas cette phrase qu'il ne savait pas comment finir lui-même, le préfet se décida à abandonner ses subterfuges, d'autant plus qu'il était sûr maintenant d'arriver à connaître la vérité.

Aussi, se levant tout à coup et reprenant sa voix la plus terrible :

— Avant quoi ? cria-t-il. Parle, imbécile !

Serais-tu muette par hasard ? Voyons, explique-toi.

— J'ai dit, monsieur, que mademoiselle a vu M. Alfred pour la première fois le jour où il est venu pour ses leçons.

— Leçons de quoi ?

— Leçons de danse, monsieur, répondit la femme de chambre interdite. Ce n'est que maintenant qu'elle comprit qu'elle venait d'être jouée ; que le préfet n'avait été au courant de rien, et que, bêtement, elle a tout avoué.

Au moment où le préfet ouvrait la bouche pour continuer son interrogatoire, la jeune servante poussa un cri d'épouvante. Elle venait d'apercevoir, comme un spectre, le général de Rau, qui, sortant brusquement de la pièce d'à côté dont la porte était restée ouverte, se précipitait vers elle, furieux, terrifiant.

Elle tomba à genoux.

— Grâce ! cria-t-elle, pardonnez-moi ! je vais tout dire... ce n'est pas de ma faute !...

Le général suffoquait de colère.

— Ah, misérable ! cria-t-il. C'est ainsi que tu m'as remercié de ma bonté. Tu as facilité à

ma fille la fuite avec un danseur... La voilà
déshonorée à jamais !...

Puis, plus doucement, d'une voix brisée
d'émotion :

— Où est-elle maintenant ? où l'a-t-il
emmenée ? Voyons, réponds-moi.

— A Paris, monsieur, murmura la bonne.
Ils ont pris le train de minuit.

Le vieillard se laissa choir sur un fauteuil
et chuchota, les larmes dans la voix :

— Un maître de danse amant de ma fille...
Ah, malheur !...

— Pardonnez-moi ! suppliait la servante,
j'aimais tellement mademoiselle, je ne pouvais
pas la dénoncer.

— Tais-toi ! cria le général en se levant.

Et en s'adressant au fonctionnaire :

— Monsieur le préfet, fit-il, je compte sur
votre sévérité.

Puis, se tournant vers la bonne :

— En prison, vipère !

La domestique, toujours à genoux, et pous-
sant des cris déchirants s'approcha de son
maître, voulut lui baiser les pieds. Le général
fit un pas en arrière. Et, comme elle insistait

et s'approchait toujours, il l'envoya rouler à dix pas d'un coup de pied bien lancé.

Au même moment, le préfet fit un signe aux agents qui se ruèrent sur la coupable, l'enlevèrent. et l'emmenèrent brutalement,

— Monsieur le comte, fit alors le fonctionnaire, nous n'avons pas une minute à perdre. Il faut que j'envoie immédiatement une dépêche à notre ambassadeur à Paris. Quel est le nom de ce maître de danse ? Alfred n'est que son prénom, n'est-ce pas ?

— Il s'appelle Gaillard.

— Voulez-vous avoir l'obligeance de me dicter son signalement.

Il prit une feuille de papier et écrivit sous la dictée du comte :

« Trente ans, brun, mince, de taille moyenne. Porte une petite moustache et une mouche. Figure longue, grand nez. Air prétentieux, se dandine en marchant, »

— Maintenant, fit le préfet, je vais noter le signalement de mademoiselle votre fille.

Il se mit de nouveau à écrire et le général dicta :

« Seize ans, blonde, assez forte, taille

moyenne, grands yeux bleus, bouche et nez petits ; toilette élégante. »

Quelques instants après, le fonctionnaire lut au général la dépêche qu'il allait envoyer à l'ambassade allemande à Paris. Il y exposait brièvement le fait, donnait le signalement des deux fugitifs et priait l'ambassadeur de demander au préfet de la police parisienne son concours pour les arrêter, si c'était possible, à la gare du Nord au moment de leur arrivée. La police parisienne était priée de surveiller l'arrivée de tous les trains venant d'Allemagne pendant quelques jours de suite et d'établir une surveillance dans les hôtels. Une personne de la famille de la jeune fille, disait la dépêche, irait immédiatement à Paris.

En outre, le préfet priait l'ambassadeur de mettre à la diposition de la jeune fugitive, au cas de son arrestation, une des chambres de l'ambassade et de la traiter avec tous les égards, tout en lui enlevant toute la possibilité de s'esquiver.

— Est-ce bien comme cela, monsieur le comte ?

— Très bien, je vous remercie. J'irai moi-même à Paris par le premier train,

Et il ajouta tout bas, se couvrant le front d'une main et se parlant à lui-même :

— Mon Dieu, quel malheur !

— Encore une question, fit le préfet. Où demeurait à Berlin ce Gaillard ?

— Au n° 32 de la Friedrichstrasse, dans une maison meublée... Le misérable !

— Je vous remercie, dit le fonctionnaire et il sonna son secrétaire.

— Vous en ferez un télégramme chiffré, fit-il en lui remettant sa dépêche, et vous l'enverrez de suite. Puis, vous irez vous-même avec un inspecteur au n° 32 de la Friedrichstrasse et vous ferez une enquête au sujet du départ d'Alfred Gaillard et de sa façon de vivre pendant son séjour à Berlin.

— Oui, monsieur le préfet, fit le secrétaire.

Et avant de se retirer :

— Les fils de monsieur le comte sont là depuis une demi-heure. Selon leur désir, le chef de la sûreté vient de partir faire des recherches dans Berlin...

Le préfet fronça les sourcils.

— Le chef de la sûreté se mêle de ce qui

ne le regarde pas. Envoyez donc quelques agents à la recherche de leur chef. Je désire lui parler...

— Oui, monsieur le préfet... Et faut-il faire entrer MM. de Rau?

— Mais certainement. Et vite la dépêche, n'est-ce pas?...

Le secrétaire sortit et quelques instants après le comte Maximilien et le comte Hubert firent leur entrée.

— De quoi vous mêlez-vous? leur cria le général. Pendant que nous nous occupons sérieusement de l'affaire avec le préfet, vous envoyez le chef de la sûreté faire des recherches inutiles... Pourquoi faire? C'est-il pour paralyser notre action ou du moins faire répandre dans Berlin la nouvelle de la fuite de votre sœur?...

Les jeunes gens, déconcertés, ne disaient rien.

— Oh! quant à cela, soyez tranquille, monsieur le comte, fit le préfet. Le chef de la sûreté est la discrétion même. Il a cédé au désir de ces messieurs, mais ses recherches, tout en restant inutiles ne nous feront point de tort cependant...

Le général se calma.

— C'est que, voyez-vous, dit-il, les jeunes gens se croient toujours plus forts que ceux qui leur ont appris à marcher...

— Alors, fit lentement le comte Maximilien, contenant la colère qui le suffoquait, vous savez où est Pauline?

— Elle est partie pour Paris avec son maître de danse! répondit le comte tout bas et d'une voix qui tremblait.

L'indignation des jeunes gens fut grande.

— Avec un danseur! Quelle honte!

— La misérable!

— Que va-t-on dire dans le monde quand on aura appris cette fuite folle, inexplicable!

— J'irai assommer ce pitre à coups de revolver!

Cette dernière phrase fut prononcée par le comte Hubert dont l'exaltation dépassait celle de son frère.

— Mon petit, lui dit le général, tu resteras à Berlin et tu t'occuperas de tes soldats. Tu es officier et tu dois penser avant tout à tes devoirs militaires. J'irai moi-même à Paris avec Maximilien qui est plus libre que toi, étant civil, et qui en outre est en ce moment en congé régulier. Nous verrons ce qu'il nous restera à faire. Et maintenant, allons à la maison pour tranquilliser autant que possible votre pauvre mère.

Il se leva pour partir.

— Monsieur le comte, dit le préfet, je crois que mademoiselle votre fille ne tardera pas à vous être rendue... En dehors de la dépêche que je viens d'envoyer à Paris, je télégraphierai immédiatement à Bruxelles, à Anvers, à Hambourg, à Cologne, à Vienne, dans d'autres villes encore, partout où ce misérable aurait pu se réfugier avec votre fille pour nous dépister...

Ayez bon espoir, monsieur le comte, on retrouvera votre enfant...

Très ému, le général serra la main du fonctionnaire. Les jeunes gens le saluèrent avec respect.

— Encore un mot, monsieur le comte. Pour ce qui est de cette bonne qui a facilité la fuite à mademoiselle votre fille, elle attendra en prison votre décision à son égard. J'userai de mes droits de préfet de police pour lui appliquer le degré de peine qui vous semblera convenable... Je suis à vos ordres à ce sujet.

— Je vous remercie, monsieur le préfet, nous en reparlerons...

Et le général, suivi de ses fils, sortit du cabinet de l'aimable fonctionnaire.

———

TYPES DE BERLIN

ÉTUDIANT ET GRISETTE

X

Le maître de danse Gaillard, ancien danseur de l'Opéra, était venu à Berlin chercher
fortune dans le professorat de l'art chorégraphique.

En veinard qu'il était, Gaillard, à peine
arrivé dans la capitale de l'Allemagne, réussit
à se faire une grande réputation dans la haute
société.

On le citait comme un maître de danse
modèle pour apprendre la valse, le boston et
la tenue convenable dans le quadrille. Il eut
l'honneur de donner des leçons aux filles de
plusieurs généraux et hauts fonctionnaires.
entre autres à la fille du prince d'Abelberg,
ministre de l'agriculture, qui le recommanda
à la comtesse de Rau.

La comtesse cherchait justement un professeur de danse pour sa fille Pauline, qui ne
connaissait cet art que très imparfaitement.
Elle en avait reçu quelques notions de sa gou-
vernante, une Bavaroise entre les deux âges
qui avait habité Paris sous l'Empire, mais
ce n'était point suffisant pour une demoiselle
de seize ans.

Aussi, ayant entendu parler de Gaillard
par le prince d'Abelberg, la comtesse pro-
fita-t-elle de l'occasion et pria le prince de le
lui envoyer.

Deux jours après, Mlle Pauline prenait sa
première leçon.

Le maître de danse français parut tellement
parfait à la jeune Prussienne qu'elle en devint
amoureuse. Ses manières, empruntées aux
premiers sujets de l'Opéra, sa distinction de
cabotin qui se respecte, sa façon nonelia-
lante de valser, émerveillèrent la fille du
général.

L'amour de Mlle de Rau allait en gran-
dissant et s'emparait en maître de son cœur
naïf d'Allemande romantique. Et comme la
comtesse assistait aux leçons, ce qui empêchait la jeune fille de faire connaître ses sen-

timents à Gaillard, elle prit la résolution de
les lui exprimer par écrit.

Un beau matin, elle lui envoya par sa
femme de chambre une lettre dans laquelle,
après une longue dissertation sur l'amour,
l'idéal et les vibrations du cœur qui s'éveille,
elle lui fixait un rendez-vous.

« Trouvez-vous, lui disait-elle, cette nuit
vers une heure en face la petite porte de votre
jardin; vous y trouverez ma camériste qui
vous introduira dans la chambre où je vous
attendrai. »

Le maître de danse vint au rendez-vous,
fut charmant, se laissa adorer, et, finalement,
révéla à la petite demoiselle le dernier mot de
l'amour qu'elle ne connaissait jusqu'ici que
par ouï-dire. Les vibrations nouvelles, autres
que celles du cœur, qu'il lui fit sentir, paru-
rent à Pauline tout d'abord divines, puis,
tout à coup, douloureuses... Elle poussa un
cri, elle pleura... Le danseur parvint à la
calmer en l'assurant que la douleur qu'elle
avait ressentie ne se reproduirait plus. Il
fallait, disait-il, payer le droit d'entrée au
paradis. Mais, une fois qu'on y était, on pouvait sortir et rentrer, tant qu'on voulait; cela
ne coûtait plus rien du tout.

A partir de ce jour, chaque nuit, pendant que tout le monde dormait à l'hôtel de Rau, Aurélia, la camériste dévouée, y introduisait le maître de danse par la petite porte du jardin et le guidait à travers les sombres corridors jusqu'à sa chambre, où Pauline attendait son amant. Et, pendant que les jeunes gens s'adonnaient aux caresses, elle faisait la garde dans le couloir.

Des semaines se passèrent ainsi; Pauline devenait de plus en plus amoureuse de Gaillard. Elle connaissait à présent l'action charnelle de l'amour jusqu'à ses raffinements les plus subtils; Gaillard était un maître dans l'art d'aimer non moins que dans celui de la danse. La jeune fille ne se rappelait plus que vaguement la douleur physique qu'elle avait éprouvée lors de leur premier rendez-vous. Ce souvenir s'était effacé dans l'esprit de Pauline rempli de visions sensuelles et ne se figurant plus l'amour autrement que comme une jouissance enivrante.

Grâce à l'expérience de sa femme de chambre et de son amant qui s'y connaissaient, Mlle de Rau apprit un jour qu'elle était enceinte. Et c'est cette nouvelle, assez inattendue, qui la décida à fuir la maison paternelle.

— Allons à Paris, dit-elle à Gaillard. Nous y resterons cachés pendant quelques mois, et, quand j'aurai accouché, mes parents seront bien forcés de consentir à notre mariage.

Encore une fois, le maître de danse se laissa faire. Il accepta la fille du général pour épouse comme il l'avait acceptée pour maîtresse. Il prévoyait bien le danger auquel il s'exposait, mais il espérait s'en tirer. Il croyait à son étoile. La perspective d'épouser la fille d'un comte, d'un millionnaire, après une série d'obstacles, souriait à son ambition d'artiste rêvant la fortune et les honneurs, — et flattait son amour-propre de bel homme.

Avant de partir, Pauline, suivant les conseils de son amant, emporta avec elle tous ses bijoux, sauf un seul, une bague de valeur dont elle fit cadeau à sa fidèle camériste...

TYPES DE BERLIN

INSTITUTRICE

JEUNE FILLE DU MONDE

XI

Alfred Gaillard qui n'était pas un imbécile, avait pris les plus grandes précautions pour échapper à des mandats d'amener qui (il ne se faisait point d'illusions à cet égard) seraient lancés contre lui et sa maîtresse. Il s'était fait grimer le mieux qu'il avait pu et avait déguisé Pauline en garçon.

Avec ses cheveux coupés, son petit chapeau tyrolien et son vaste pardessus d'hiver, la fille du comte de Rau ressemblait tout à fait à un petit jeune homme de quatorze ans.

Malgré toutes ces précautions, les fugitifs se firent pincer par la police française au lendemain de leur arrivée à Paris.

Le général de Rau qui, accompagné de son

fils Maximilien, venait justement d'arriver dans la capitale de la France, se montra très indulgent.

Il est vrai que la cause de son indulgence consistait surtout dans ce fait qu'il voulait à tout prix éviter le scandale. S'il avait porté plainte contre Gaillard, l'affaire serait devenue publique. Et il ne tenait pas à voir son nom imprimé dans les journaux et livré en pâture à des chroniqueurs du boulevard.

Aussi quand il apprit que sa fille avait été remise entre les mains de l'ambassadeur d'Allemagne à Paris et que Gaillard se trouvait au Dépôt, il commença par demander au préfet de police l'autorisation de voir le danseur. Cette autorisation lui fut immédiatement accordée et il put causer avec Gaillard sans témoins dans une des pièces de la Sûreté.

Malgré la colère qui le suffoquait, malgré les désirs de vengeance qui l'obsédaient et qui le poussaient à lui sauter à la gorge, le comte de Rau parla à Gaillard d'une voix relativement calme, s'efforçant à cacher son émotion.

— Je ne veux pas apprécier votre conduite, lui dit-il. Je vous propose tout simplement ceci : Je consens à retirer la plainte que je viens de porter contre vous (il s'est bien gardé d'avouer qu'il n'avait pas porté de plainte) et je vous offre vingt mille francs si vous voulez m'écrire une lettre dans laquelle vous regretterez votre façon d'agir et vous vous engagerez à ne revoir plus jamais ma fille. Vous avez à choisir. Si vous refusez, vous serez condamné sévèrement pour enlèvement de mineure et, au cas où vous voudriez revenir plus tard en Allemagne, vous vous exposeriez à des nouvelles poursuites. Si vous acceptez, vous serez libre demain, et aujourd'hui même je vous remettrai la somme indiquée en échange de votre lettre.

Gaillard resta pensif quelques minutes, et il répondit :

— Monsieur le comte, j'aime votre fille à la folie ; mon plus grand désir était de l'épouser. Mais je comprends vos raisons, je me mets à votre place... et d'ailleurs j'ai trop de respect pour vous pour ne pas vous céder. Je suis un artiste, monsieur le comte... Aussi, j'accepte. Mais...

— Mais ?

— Mais, franchement, vous pouvez aller jusqu'à vingt-cinq mille...

« Ah ! si nous étions en ce moment à

Berlin, tu verrais comment je te paierais »,
pensa le général, et il dit :

— C'est entendu, vous aurez vingt-cinq
mille.

— Tout de suite ?

— Oui, tout de suite. C'est tout ce qui me
reste d'ailleurs d'argent français...

— Qu'à cela ne tienne, monsieur le comte,
vous pouvez me payer en marks, je passerai
chez un changeur voilà tout.

— C'est inutile. Je vais vous remettre de
suite vos vingt-cinq mille francs ; vous n'avez
qu'à me faire l'engagement en question. Voici
du papier et de l'encre...

— Mais, fit Gaillard, êtes-vous sûr, monsieur le comte, que je serai libre demain ?

— Je vous le promets.

— Vous me donnez votre parole de
demander au préfet ma mise en liberté ?...

— Je vous la donne.

— Eh bien, je vais vous écrire cette lettre.

Il s'assit, prit du papier, choisit, parmi les
plumes, qui se trouvaient sur la table, celle
qui lui avait paru la meilleure, l'essaya sur du

buvard, et, finalement, écrivit une lettre ainsi conçue :

Monsieur le comte,

Je m'engage à ne plus jamais revoir Mlle Pauline, votre fille, que j'ai tant aimée... Je vous la rends avec des larmes aux yeux et en me repentant de ma faute. Je lui souhaite le bonheur, ainsi qu'à vous, Monsieur le comte, et à toute votre famille.

Veuillez agréer, Monsieur le comte, mes salutations empressées.

ALFRED GAILLARD.

Le vieux comte lut, eut un sourire amer, et, en sortant son portefeuille, dit au danseur :

— Ajoutez : Reçu la somme de vingt-cinq mille francs.

Gaillard regarda le général d'un œil méfiant. Celui-ci, sans y faire attention, lui remit une liasse de billets de banque.

Avec un sourire charmant, le danseur demanda :

— Puis-je les compter ?...

— Faites !

Après s'être assuré que la liasse contenait, en effet, vingt-cinq mille francs, le maître de danse prit la plume d'un air nonchalant, ajouta le post-scriptum exigé et signa encore une fois avec un grand paraphe.

Puis, il sortit son mouchoir, en enveloppa les billets de banque, et fit d'une voix émue :

— Merci !...

Le général, sans le regarder, mit sa lettre dans son portefeuille à la place de l'argent dont il venait de se dessaisir, et sortit dans le couloir sans mot dire.

Un agent qui gardait la porte, lui demanda si l'entrevue était finie. Sur la réponse affirmative du général, le policier entra dans la chambre, dit à Gaillard de le suivre et le ramena au Dépôt.

Quant au comte de Rau, il alla directement de la préfecture à l'ambassade d'Allemagne où son fils l'attendait. Ils entrèrent ensemble dans la pièce où Pauline depuis son arrestation, se lamentait, poussait des petits cris, tombait en crises de nerfs et syncopes.

L'entrevue entre le père et la fille donna lieu à une scène très violente.

— Misérable ! cria le vieillard à Pauline,

tu as déshonoré notre famille, tu t'es enfuie
avec un cabotin, un pître.

— Ne l'insultez pas, fit la jeune fille, je
l'aime !...

— Tu l'aimes ? Tu oses me le dire en face !

— Oui, je l'aime ! Je suis libre d'aimer qui
bon me semble. Vous n'avez pas le droit de
commander à mon cœur. Laissez-moi à mon
sort, je ne vous demande rien...

— Insolente ! dit le général.

— Et enceinte ! ajouta Pauline en regardant son père les yeux dans les yeux.

— Comment?... Ah, mon Dieu, il ne
manquait plus que cela ! Non, ce n'est pas
vrai, ce n'est pas possible. Tu en as menti !

— Pourquoi voulez-vous que je mente?
C'est vrai, je vous le jure...

— Enfant maudite ! hurla le général.

Et, hors de lui, s'approchant de Pauline,
il lui appliqua un soufflet.

La jeune fille eut une attaque de nerfs.

Regrettant sa brutalité, son père lui donna
des soins, la ranima, l'embrassa longuement
avec des larmes aux yeux.

Il s'était rappelé que Pauline était son
enfant chérie. Il ne voulait maintenant que

8*

faire passer l'éponge sur toute cette malheureuse histoire, et il se reprochait sa dureté.
Il était rentré dans la possession de son
enfant; à quoi bon s'acharner à la rendre
malheureuse. Elle avait aimé, et aimait
encore, disait-elle, ce pître, ce misérable ! Eh
bien, il fallait tout doucement lui prouver
qu'elle avait pris fausse route, et non l'acca-
bler de reproches. Elle était enceinte, c'était
malheureux, certes, mais enfin, on réussirait
à s'en tirer. Somme toute, Pauline n'était ni
la première ni, hélas, la dernière jeune fille du
grand monde prussien à qui un pareil acci-
dent arrivait, on ne savait presque pas comment... On lui trouverait un mari, pardi, et
tout irait bien.

Et c'était en cajolant sa pauvre fillette, en
la serrant contre son cœur, que le général lui
montra la lettre de Gaillard, et lui fit comprendre quel était l'homme en lequel elle
avait mis tant de confiance.

Pauline pleura... eut une nouvelle crise de
nerfs... mais se laissa convaincre. Elle promit
à son père de ne jamais plus reparler de cet
homme qui, malgré sa distinction et ses qualités mondaines, était capable de vendre, pour
une misérable somme d'argent, la femme à

qui il avait promis l'amour éternel, et l'enfant qui allait naître...

Le soir même, le général, Pauline et le comte Maximilien, prirent le train de Berlin.

Avant de partir, le général de Rau alla voir le préfet de police et le pria de mettre en liberté le maître de danse Gaillard.

Il ne voulut point manquer à sa parole de gentilhomme prussien.

———

TYPES DE BERLIN

UN GOMMEUX

XII

Deux mois plus tard, Mlle Pauline de Rau épousait le général prince de Werder, — un vieux beau de soixante-cinq ans, décavé, sourd et goutteux. qui brûlait d'envie de se marier avec une jeune et riche héritière.

On avait arrangé ce mariage à la cour. L'empereur ne s'y opposa point. Il savait qu'un mariage convenable, seul, pouvait réhabiliter la fille du général. Et, comme il prenait part au malheur qui avait frappé le comte de Rau, l'idée de la marier au vieux Werder lui parut aussi pratique qu'amusante.

Donc le mariage se fit sous les auspices de Sa Majesté. Il eut lieu avec une pompe qui émotionna Berlin. Le général prince de

Werder, malgré sa vieillesse et ses infirmités, était un gentilhomme fort aimable. Homme de cour par excellence, il possédait toutes les qualités du parfait mondain. Très riche dans sa jeunesse, il avait dissipé sa fortune avec les femmes et au jeu. A quarante ans, il avait épousé une jeune personne du meilleur monde, fille d'un chambellan de la cour de Prusse, connue à Berlin par sa laideur et réputée comme un peu idiote. Elle lui apporta une forte dot qu'il ne tarda pas à manger. Sa femme en éprouva un si vif chagrin qu'elle tomba dans un état de prostration intellectuelle voisinant avec la folie et mourut quelque temps après.

Le prince, à peine son deuil officiel terminé, se remaria avec la veuve d'un des plus riches propriétaires fonciers bavarois. Ils vécurent ensemble une vingtaine d'années. La princesse défendait son bien autant qu'elle le pouvait, ce qui n'empêcha point le prince de la ruiner. Elle mourut à l'âge de soixante ans, laissant à peine quelques miettes de son ancienne fortune. Ces miettes, le prince les avala en quelques mois. Et malgré sa vieillesse (il avait soixante-quatre ans sonnés au moment de la mort de sa deuxième femme) il

continua de mener la grande vie. Sa solde de
général ne suffisant pas à ses appétits, il faisait des dettes tout en cherchant à redorer son
blason par un nouveau mariage.

N'étant point un naïf, le prince de Werder
savait parfaitement qu'il n'était plus assez
bien de sa personne pour se faire désirer
d'une femme quelle qu'elle fût. Mais il savait
aussi bien que son titre et sa situation pouvaient allécher une riche roturière remplie
d'ambition. Aussi, était-ce dans le monde des
parvenus qu'il avait envoyé des agents matri-
moniaux à la recherche d'une héritière. Il
était déjà en pourparlers avec un des plus
grands commerçants de Berlin, qui consen-
tait à lui donner en mariage une de ses filles,
quand il apprit le désagrément qui était arrivé
à la famille de Rau. « Voilà ce qui ferait bien
mon affaire », pensa-t-il. « J'aimerais mieux
épouser Mlle de Rau dix fois enceinte que la
fille d'un boutiquier, aussi vierge et pure que
l'était ma mère avant son mariage. » C'était le
vieux sang des Werder qui se révoltait contre
une mésalliance. Et cette révolte avait sa raison d'être d'autant plus grande que le prince
pressentait le mécontentement de l'empereur
à la nouvelle du mariage d'un général, appar-

tenant à une des plus vieilles familles prussiennes, avec une roturière.

Le prince de Werder, ayant exprimé à
une dame d'honneur de l'impératrice son
projet de demander la main de Mlle de
Rau, la dame en question, fort expérimentée
dans les affaires de ce genre, lui promit de
tâter le terrain... Huit jours plus tard, le
prince fut autorisé à faire la cour à Pauline,
et, six semaines après, le mariage eut lieu.

Bien que la perspective d'être la femme
d'un vieillard de soixante-cinq ans ne sourît
point à Mlle Pauline, elle s'était résignée à
cette issue de son aventure. Elle ne pensait
plus, d'ailleurs, à Gaillard. Elle l'avait pris
en dégoût du jour où elle sut qu'il avait
consenti à se séparer d'elle à jamais pour
une somme d'argent. Ce dont elle rêvait,
maintenant, c'était la liberté la plus grande
qui lui permît de s'amuser à sa guise. Le mariage avec un homme dans le genre du général
de Werder, seul, pouvait pour le moment réa-
liser ce rêve. Aussi, répondit-elle « oui » sans
la moindre objection quand son père lui fit
connaître les intentions du prince. Mais elle
fit bien comprendre à ce dernier qu'elle lui
demandait la liberté absolue et qu'elle ne tar-

derait pas à demander le divorce dans le cas
où il s'amuserait à l'ennuyer.

Le prince trouva cette condition absolument juste, il promit à sa fiancée de la laisser
agir à sa guise, — et il tint sa parole.

Après une lune de miel passée dans les
environs de Berlin, dans le château séculaire
de la famille de Werder (le seul bien immo-
bilier que le général n'eût pas encore bazardé),
les nouveaux mariés partirent pour l'Italie.
Le général revint à Berlin au bout de quelques semaines. après avoir installé sa femme
dans une villa. près de Naples. où, chaque
mois, il allait passer quelques jours.

La jeune princesse y fit un séjour de six
mois. Elle y donna au monde un petit Werder
qui. — d'après Aurélia, la fidèle camériste
que sa patronne avait fait remettre en liberté
et avait reprise à son service, — ressemblait
comme deux gouttes d'eau au général.

La rentrée de Mme de Werder à Berlin
fut triomphale. Complètement rétablie de ses
couches, devenue femme de la fillette qu'elle
était, et une femme véritablement belle.
sachant charmer tous ceux qui l'approchaient,
elle faisait sensation dans les salons où elle

daignait se montrer. Du coup, elle devint la
mondaine la plus courtisée des hommes et la
plus jalousée des femmes.

Sa famille, oubliant sa faute de la veille,
en était fière. Seule, sa sœur aînée, qui venait,
elle aussi, de se marier, fut intraitable, trouvant que la faute que Pauline avait commise
avant son mariage la déshonorait à jamais.

Capricieuse de tempérament, la jeune princesse de Werder repoussait les déclarations
les plus passionnées des jeunes gens à la mode
et restait fidèle à son mari, au grand étonnement de la société de Berlin.

Le vieux prince, bien qu'infirme, avait
des qualités dont la jeune femme ne suppo-
sait point l'existence en l'épousant. Ce fut une
révélation charmante, une surprise des plus
inattendues.

Pour l'en remercier, Mme de Werder se
laissa aimer du prince sans partage...

Une catastrophe imprévue changea cet
état des choses. Un jour, le général eut une
attaque de paralysie et dut s'aliter pour ne
plus se relever. Il resta au lit un an avant de
mourir.

Pleine de tendresse, la jeune femme soigna

son mari comme une sœur de charité. Elle se
retira de la vie mondaine et passait à son
chevet des heures entières. Ce n'est qu'un
mois avant la mort du prince, voyant que sa
maladie se prolongeait indéfiniment et voulant se distraire un peu, qu'elle recommença
à aller dans le monde.

Et, se sentant le besoin d'aimer dans les
veines, elle céda un soir aux insistances pres-
santes d'un ami de son frère, le jeune comte
d'Ullrich.

TYPES DE BERLIN

UNE RECRUE

XIII

La série d'événements qui s'étaient déroulés dans la maison de ses parents n'empêcha point le jeune comte Hubert de Rau de continuer ses amours avec Mme de Holtz, de plus en plus jolie et appétissante.

Il lui faisait, de temps à autre, quelques petites infidélités; elle n'y faisait point attention, faisant semblant de les ignorer. Le jeune homme lui en savait gré, d'autant plus qu'il considérait sa fidélité comme étant au-dessus de tout soupçon. Aussi, chaque fois qu'il allait vadrouiller avec ses amis et qu'il s'oubliait dans les bras d'une fille de rencontre, il ne manquait de s'en faire le lendemain des reproches très sensés. « Comment! se disait-il, j'ai une maîtresse charmante qui m'adore, qui

ne me trompe pas, qui sait son art d'aimer
mieux qu'aucune femme à Berlin, et je lui fais
des infidélités! C'est indigne! Je ne recom-
mencerai plus. » Et, naturellement, il recom-
mençait à la première occasion...

Les dîners du dimanche de Mme de Holtz
devenaient de plus en plus connus dans la
capitale. Son cercle de relations féminines
s'était élargi rapidement. Les actrices les plus
connues de Berlin étaient heureuses d'assister
aux dîners de la maîtresse du comte de Rau,
et elles l'invitaient chez elles, à leur tour. La
célèbre Julia Stern, elle-même, l'ancienne locataire de l'hôtel habité par Mme de Holtz, qui,
par son mariage, était entrée dans la vie régulière, lia des relations avec la jolie courtisane.
Le mari de Julia Stern, le directeur du *Neues
Berliner Tagblatt*, M. Grünbaum, n'en savait
rien ; autrement, il s'y serait certainement
opposé, car il ne voulait pas que son épouse
fréquentât les femmes entretenues. Mais,
comme toute femme sait cacher ce qu'elle veut,
il ne se douta pas un instant que, chaque
dimanche, la belle Julia, au moment où il la
croyait dans sa famille, dînait chez Mme de
Holtz, dont il avait entendu parler.

L'engouement des actrices pour les dîners

de la petite veuve s'expliquait facilement par
ce fait que lesdits repas étaient assez courus
par les jeunes officiers de la garde, appartenant aux plus riches familles du pays. C'était
donc pour se faire remarquer de ces messieurs
qu'elles se rendaient chez Mme de Holtz. Et,
en effet, grâce à ce contact hebdomadaire, sous
le toit bienveillant de la veuve, des jeunes fils
de Mars et des filles de Thalie et de Melpo-
mène, plusieurs actrices sans protecteurs
trouvèrent en quelques semaines un bon pla-
cement...

Quant à Julia Stern, l'homme qu'elle aurait
voulu voir à ses pieds et qu'elle allait chercher
chez Mme de Holtz n'était point un des hôtes
de cette dernière ; c'était son amant lui-même,
le comte Hubert de Rau, qu'elle brûlait d'envie de souffler à la jolie veuve.

Sa situation de femme mariée et de femme
riche lui permettait de mettre dans cette
envie l'amour-propre au-dessus du désir
vulgaire de se procurer un amant qui payât
bien.

De Rau ne se doutait point des projets de
l'actrice. C'est que, pour ne pas éveiller les
soupçons de Mme de Holtz, elle se gardait
bien d'avoir pour le hussard la moindre pré-

venance qui pût donner à réfléchir. Elle avait
l'habitude de traiter les hommes un peu en
petits garçons ; elle leur parlait avec une
espèce de dédain, bien visible quoique voilé,
qui les tenait à distance tant qu'elle le voulait. Et les hommes du meilleur monde se
laissaient traiter de cette façon-là par la belle
actrice. C'est que Julia Stern savait se servir
en artiste de sa morgue de femme fière. Elle
était impertinente, sans être insolente, et
effaçait d'un regard, d'un mot, avec une légè-
reté de touche incomparable, l'impertinence
poussée trop loin.

Julia Stern était une ambitieuse. Etre une
femme mariée, la femme d'un riche journaliste, c'était bien, mais ce n'était pas assez.
Mme Grünbaum, ça sonnait mal ; Mme *de*
Grünbaum, voilà ce qu'il lui fallait.

Mais comment arriver à faire anoblir son
mari après l'avoir poussé dans la politique,
sinon avec de hautes protections à la Cour.

— Ah ! se disait la jeune femme, le comte
de Rau, voilà l'homme qu'il me faut. Mais,
pour qu'il consente à s'occuper de mon mari,
il faudra qu'il devienne amoureux de moi...
Ce n'est qu'en l'ayant à mes pieds que je
pourrai m'en servir.

Et, en juive intelligente qu'elle était, Julia Stern combina le plan suivant :

Il s'agissait tout d'abord de rompre la liaison du jeune comte avec Mme de Holtz. Cela était une chose bien facile. L'actrice était parfaitement au courant de la conduite de Mme de Holtz qui, malgré les apparences contraires, était déplorable.

Mme de Holtz avait été présentée par son amie Louise Holstein, à l'amant de cette dernière, le richissime banquier, le comte de Schwartzkopf. Le comte, très dépravé, trouva bon de prendre à ses gages l'amie de sa maîtresse. Et, plusieurs fois par semaine, au moment où Hubert de Rau, plein de confiance, s'amusait ailleurs, le vieux banquier et les deux femmes s'adonnaient à des orgies à trois.

Julia Stern savait tout cela. Aussi, pour mettre à exécution son grand projet, se décida-t-elle à faire prévenir Hubert de la conduite de sa maîtresse.

Ne voulant aucunement se compromettre, elle prit la résolution de se servir d'un intermédiaire. Son choix tomba sur une femme en qui elle avait la confiance absolue, une dame Guttmann, entremetteuse attachée spécialement au monde des théâtres.

TYPES DE BERLIN

SOLDAT ET *KELLNERIN*

XIV

Un matin, le valet de chambre du comte Hubert vint le prévenir qu'une femme âgée désirait lui parler.

— Demande-lui ce qu'elle veut, fit le comte.

L'ordonnance revint et dit que c'était au sujet de la dame de Potsdam.

— Diable, qu'est-ce qu'il y a? se dit le comte Hubert, et il sortit dans l'antichambre.

Une fois là, il fut stupéfait en voyant la mère Guttmann qu'il connaissait bien, ayant fréquenté, comme la plupart de ses camarades, les coulisses des théâtres de Berlin.

— Qu'est-ce que c'est? Que me voulez-vous? demanda-t-il rudement.

— Monsieur le comte, répondit la vieille femme à voix basse et avec un air mystérieux, c'est une affaire très grave qui m'amène.

— Eh bien, parlez.

— Votre maîtresse vous trompe...

L'officier tressaillit et sa figure devint toute rouge d'émotion.

— Comment? cria-t-il, vous venez dénoncer Mme de Holtz!... Vous êtes une vile calomniatrice! Vous voulez me conter des mensonges, j'en suis sûr. Mais cela ne se passera pas comme ça, ma bonne femme. Vous allez me donner des preuves... des preuves, vous entendez bien, sinon je vous ferai mettre en prison!...

— Monsieur le comte, reprit la vieille sans se déconcerter, Mme de Holtz vous trompe avec le comte de Schwartzkopf.

— Quoi! Avec l'amant de Mlle Holstein?

— Parfaitement... Mlle Holstein est d'ailleurs de la partie... Ils s'amusent tous les trois...

— Mais vous êtes folle!...

— Non, monsieur le comte, je ne suis pas folle et je vais vous le prouver. D'abord, une question. Monsieur le comte doit-il passer sa soirée d'aujourd'hui avec Mme de Holtz?...

L'officier, qui était comme abasourdi par cette révélation subite, resta quelques instants sans répondre.

Puis d'une voix tremblante .

— Oui, je devais souper avec elle ce soir.

— Eh bien. que monsieur le comte fasse prévenir cette dame qu'il ne pourra pas lui consacrer la soirée d'aujourd'hui et qu'il fasse une irruption inattendue chez elle vers minuit. il y verra des choses auxquelles il ne s'attend pas certainement...

Le comte Hubert se promenait de long en large dans son antichambre, la tête pleine de pensées confuses.

— Venez ! cria-t-il tout à coup, entrez dans mon cabinet, nous allons causer de tout cela.

Il passa le premier, la femme le suivit.

Une fois dans son cabinet, Hubert de Rau ferma la porte et fit raconter à la vieille tout ce qu'elle savait au sujet de l'infidélité de la jolie veuve.

Pendant qu'elle parlait , le jeune homme était en proie à une agitation nerveuse. très violente.

A chaque instant, il s'écriait :

— Mais ce n'est pas possible!... C'est trop fort! Ce sont des mensonges!... Ce serait trop dégoûtant!,..

Mais, petit à petit, sous les accusations précises de la vieille, un éclaircissement se faisait dans son esprit embrouillé.

Il comprenait maintenant certains petits faits auxquels il n'avait point fait allusion jusqu'ici; il sentait que tout ce que la dénonciatrice révélait devait être vrai, que l'amitié de sa maîtresse pour Louise Holstein n'était autre chose qu'un amour lesbien, et que, dès lors, tout était possible.

— Ah! la misérable! hurla-t-il quand la vieille eut tout raconté, elle va me payer cher son ignoble conduite. Je saurai la pincer et je me vengerai terriblement, je le jure!... Quant à vous, ma brave femme, ajouta-t-il d'une voix plus calme, tenez, voilà pour le service que vous venez de me rendre. Et que tout cela reste entre nous.

Il ouvrit son bureau, y prit deux billets de cent marks et les tendit à l'entremetteuse.

Mme Guttmann remercia humblement et s'en alla aussi doucement qu'elle était venue.

La femme partie, le comte Hubert donna libre cours aux manifestations les plus diverses de sa colère, qui était grande.

Il maudissait l'infidèle, frappait du pied en levant le poing, poussait des cris de vengeance et se laissait aller jusqu'aux jurons et gros mots dont il n'avait pas l'habitude.

Au bout d'une heure de ces exercices, fatigué, il s'assit à son bureau et envoya à Mme de Holtz une lettre dans laquelle, suivant le conseil de la dénonciatrice, il remettait au lendemain le rendez-vous qu'il lui avait donné, sous prétexte d'une réunion militaire qui devait avoir lieu dans la soirée chez son colonel.

Après avoir fait porter cette lettre à la poste, le jeune homme sortit à pied. Il étouffait dans son appartement ; il lui fallait de l'air, du mouvement.

Il alla devant lui sans but, s'engagea dans des rues et ruelles, traversa la Sprée... Tout à coup, il s'arrêta net. Il vit passer à côté de lui une jeune fille du peuple, si jolie, si gracieuse, avec un minois tellement frais qu'elle lui fit l'effet d'une bonne fée venant le consoler de son chagrin. Il se sentit comme retrempé dans une espèce de fraîcheur dont il se sentait imprégné : il éprouva une grande joie de vivre et d'être jeune. Pour un instant, l'image de sa maîtresse avait disparu de son esprit : la jolie blonde qui passait l'absorba tout entier.

— Ah ! mademoiselle, que vous êtes belle ! murmura-t-il.

La jeune fille le regarda, souriante et continua son chemin. L'officier la suivit de près, voulut entamer une conversation ; mais la petite, bien qu'elle continuât à sourire, ne répondit ni à ses questions ni à ses compliments.

Puis, subitement, après avoir jeté au hussard un dernier sourire, elle se faufila dans une maison à l'apparence modeste.

Le comte de Rau s'arrêta désappointé, regarda le numéro de la maison, traversa la rue, fit ses cent pas sur le trottoir d'en face pendant plus d'un quart d'heure.

Au moment où il se décidait à partir se disant : « C'est une fille honnête, c'est sûr... je reviendrai », il vit une vieille femme sortir de la maison où la petite était entrée. Elle s'approcha de l'officier, s'arrêta à deux pas de lui, et, avec un sourire, prononça ces mots :

— *Fünfzig marks...* (1)

Hubert eut la sensation du passant à qui un farceur a versé un seau d'eau froide sur la tête.

Il fut stupéfait. Son amour naissant disparut subitement et fut remplacé par un dégoût profond.

— *Was wollen Sie?* (2) cria-t-il, plein de colère à la femme, très étonnée, à son tour.

Et il s'en alla, la tête lourde, murmurant d'une voix triste ;

— Quelle corruption ! il n'y a donc plus de vierges à Berlin !...

(1) C'est cinquante marks.
(2) Que voulez-vous ?

TYPES DE BERLIN

UNE PROCUREUSE

XV

A onze heures du soir, accompagné de ses deux ordonnances auxquels il fit garder les portes de l'hôtel, le comte Hubert de Rau fit irruption dans la demeure de Mme de Holtz.

Les bonnes, terrifiées, commencèrent par dire que madame était absente. Mais le jeune hussard les écarta brutalement, et, sa cravache à la main, se précipita dans la chambre à coucher de sa maîtresse qui se trouvait au rez-de-chaussée de l'hôtel.

Il y trouva Mme de Holtz, Louise Holstein et le comte de Schwartzkopf, dans le déshabillé le plus complet.

L'entrée subite du comte de Rau terrifia ce trio étonnant. Les deux femmes se collèrent l'une contre l'autre ; le vieux financier se réfugia dans un coin de la pièce.

Le comte Hubert, tremblant de colère, s'arrêta un instant. Il sentit son sang bouillir dans ses veines ; des idées de meurtre traversèrent son esprit.

Il sortit de sa poche son sifflet militaire et donna un signal. Ses deux ordonnances apparurent.

— Ne laissez sortir personne, leur cria le hussard.

Puis, il fit quelques pas, leva sa cravache et se mit à taper sur le vieillard et les femmes.

— Pitié, Hubert, pitié ! cria Mme de Holtz.

— Pitié, répéta son amie.

Le comte de Schwartzkopf affolé, courait de long en large dans la chambre, avec ces mots assez comiques dans la circonstance :

— Pardon, monsieur, je ne savais pas !...

Impitoyable, le comte tapait toujours. Il poursuivait à travers la pièce ses trois victimes qui poussaient des cris de détresse.

Bientôt, le sang jaillit sous la cravache du

hussard, ce que voyant, le jeune homme s'arrêta.

Il cessa de frapper et dit à ses ordonnances :

— Jetez-moi ça dans la rue.

Et il sortit.

Les hommes ouvrirent la fenêtre.

— Allons, habillez-vous ! crièrent-ils.

Le comte de Schwartzkopf passa à la hâte ses vêtements, les femmes se couvrirent de leurs chemises et de leurs jupes.

— En voilà assez comme ça, fit un des hommes. Allons, hop-là !

Et, en saisissant brusquement Mme de Holtz, il la jeta par la fenêtre, son camarade en fit autant avec Mlle Holstein.

Puis, tous deux, il saisirent le comte de Schwartzkopf qui se débattait, et le lancèrent dans le vide, à son tour.

Le comte de Rau rentra :

— C'est bien, mes garçons ! fit-il. Et maintenant, faites-en autant avec la cuisinière et la femme de chambre.

Blessés jusqu'au sang par les coups de cravache, contusionnés par une chute de

10*

deux mètres, le financier et les deux jeunes
femmes, qui, heureusement pour eux, avaient
réussi à trouver une voiture, arrivèrent dans
un état pitoyable au domicile de Louise
Holstein.

Les deux amies y restèrent et le comte se
fit conduire chez lui.

Tous trois, ils durent garder le lit pendant
plusieurs jours. Le fait fut connu à Berlin, la
chronique scandaleuse s'en occupa, citant les
acteurs de cette tragique comédie bizarre.
Mais, comme le financier et ses deux compagnes se gardèrent bien de porter plainte,
l'autorité militaire ne crut pas devoir s'en
mêler.

TYPES DE BERLIN

SOLDAT-PHILOSOPHE

XVI

C'est à Kissingen, en Bavière, l'une des plus populaires des villes d'eaux allemandes, que Julia Stern se rencontra avec Hubert de Rau, après la rupture de celui-ci avec son ancienne maîtresse.

Le jeune officier, voulant s'étourdir et oublier l'infidèle, résolut de s'absenter de Berlin pendant quelques semaines. Il demanda un congé et partit pour Kissingen.

Ayant appris le départ du comte, Julia Stern annonça à son mari son désir d'aller aux eaux. Et, le surlendemain matin, elle prenait le train pour la petite ville bavaroise qui doit sa renommée non seulement à ses eaux minérales chlorurées-sodiques fréquentées annuellement par dix mille personnes environ, comme

dit Bœdeker, mais aussi au prince de Bismarck,
qui, depuis des années, en a fait sa station
balnéaire. En 1874, il y fut l'objet d'un atten-
tat.

Le prince et la princesse de Bismarck
habitent, pendant leur séjour à Kissingen, un
vieux château, situé à une demi-heure de la
ville, dans les environs de l'endroit qu'on
appelle la Saline (*die Saline*) et où se trouve
l'établissement de bains d'eau salée (*Salinbadeanstalt*).

Les habitants de Kissingen sont très fiers
de l'attachement du prince pour leur ville ;
aussi, en échange, lui ont-ils voué une réelle
sympathie. En dehors d'un pavillon spécial
du *Salinbadeanstalt* qu'ils lui ont offert pour
son usage personnel et où, pendant sa cure,
M. de Bismarck prend un bain tous les jours,
il lui ont érigé une statue dans le parc qui
s'appelle *die Salinen-Promenade*.

D'ailleurs, un étranger, arrivant à Kissingen,
sent, pour ainsi dire, Bismarck à chaque pas.
Ici, une sorte de musée ne contenant que des
objets concernant le prince : statues, portraits,
bibelots, livres, armes, etc.; là, sous une tente
blanche, une balance sur laquelle M. de
Bismarck a l'habitude de se peser chaque

année et qui s'appelle : « *Fürst Bismarck's Wage* » : partout, dans les magasins, ses photographies dans les poses et les costumes les plus variés. En un mot, Kissingen pourrait à juste titre porter le nom de *Bismarck's Bad.*

M. Grünbaum accompagna sa femme à la gare. Il lui fit, dans la salle d'attente et sur le quai du départ, maintes recommandations relatives à sa santé. Il la supplia surtout de ne pas boire de champagne pendant son séjour à Kissingen, vu que cette boisson favorite de la belle Julia s'accordait très mal avec l'eau de la source Rakoczy, qui devait réparer son appareil digestif affaibli.

Arrivée à Kissingen, Mme Grünbaum descendit au *Kurhaus,* le plus chic hôtel de la ville. « Hubert ne peut pas loger ailleurs », se disait-elle, et elle ne s'était point trompée.

L'officier et l'actrice se rencontrèrent quelques heures après l'arrivée de celle-ci dans la salle à manger du *Kurhaus.*

— Tiens, quel heureux hasard ! s'écria Hubert de Rau enchanté de cette rencontre.

Il demanda à la jeune femme la permission de s'asseoir à sa table.

— Mais, comment donc ! vous me ferez grand plaisir, répondit-elle.

Mais quand, à la fin du repas, le jeune homme voulut régler pour deux, elle s'y opposa formellement.

Elle accepta cependant son offre de la conduire au théâtre. Il envoya son ordonnance louer une avant-scène et alla se promener au *Kurgarten* (1) pendant que Julia Stern faisait sa toilette.

Une heure après, elle vint l'y rejoindre, ils prirent une voiture et se rendirent au théâtre.

On jouait une vieillerie amusante, l'opérette *Fatinitza,* toujours très populaire en Allemagne.

Hubert de Rau, assis à côté de Julia Stern, plus belle que jamais, faisait son aimable et commençait à devenir entreprenant. La jeune femme se laissait dire des équivoques, mais retirait son genou chaque fois que l'officier le touchait, comme par hasard, avec le sien.

Excité par ce manège, le comte Hubert, à la fin de la soirée, brûlait d'envie de posséder la belle actrice.

_____

(1) Jardin du Casino.

Il était onze heures du soir quand ils sortirent du théâtre.

— Voulez-vous souper avec moi au restaurant du *Kursaal*? (1) demanda-t-il à la jeune femme, la dévorant des yeux.

— Non, merci, je suis fatiguée par le voyage et c'est demain que je commence ma cure. Je voudrais être levée à six heures du matin...

Le hussard eut beau insister, l'actrice fut intraitable. Elle refusa même de prendre une tasse de chocolat à leur hôtel.

— Demain soir, nous verrons, fit-elle. En attendant, au revoir.

Et elle ferma la porte de son appartement au nez d'Hubert, aussi excité que mécontent.

Le lendemain, à sept heures du matin, Hubert de Rau se trouvait déjà au *Kurgarten*. Julia Stern n'y vint que vers huit heures.

Ils burent ensemble leurs deux verres d'eau de Rakoczy et à dix heures allèrent déjeuner au *Kursaal*.

Jusqu'ici ni l'un ni l'autre, ils n'avaient prononcé le nom de Mme de Holtz. Tout à

---

(1) Casino.

coup, Julia Stern dit au jeune homme qui, après avoir avalé ses deux œufs à la coque, s'était décidé à lui faire une déclaration d'amour afin de vaincre ses scrupules de la veille :

— Alors, vous ne pensez plus à Mme de Holtz?

— Oh, la misérable! s'écria Hubert. Et d'ailleurs je ne l'ai jamais aimée. C'est vous que j'aime, croyez-moi, et ne me refusez pas le bonheur que je vous demande. Vous êtes mariée, mais qu'est-ce que cela fait? Votre mari n'en saura rien, et nous nous aimerons, nous serons heureux, je mettrai à votre disposition autant d'argent qu'il vous en donne, lui. D'ailleurs, je suis persuadé que vous ne l'aimez pas...

— Et pourquoi donc? interrompit l'actrice.

— Parce qu'il est plus âgé que vous et...

— Et quoi? Parce qu'il n'est pas officier?... Mais, mon Dieu, tout le monde ne peut pas l'être...

Hubert de Rau se tut. Il ne voulait plus établir une comparaison entre M. Grünbaum et lui. Il pensa : « Serait-elle assez bête pour préférer ce sale *Jude* (1) à un homme comme moi ? »

S'apercevant qu'elle était allée trop loin, Julia Stern approcha sa chaise de celle du jeune homme et fit à voix basse sur un ton câlin :

— Méchant !

— C'est vous qui l'êtes ! dit Hubert avec une moue d'enfant gâté.

— Moi ? reprit Julia d'une voix tremblante d'ironie tragique, moi ?...

Et, s'approchant encore plus près de Hubert, elle chuchota :

— Vous ne savez donc pas, aristocrate sans cœur, que je vous aime, que je vous adore, que vous êtes l'objet de mes rêves ! Quand j'allais chez Mme de Holtz, c'était pour vous voir, pour entendre votre voix, pour me frôler contre votre corps. Et vous étiez toujours pour moi d'une indifférence de marbre, d'une froideur de glace ! Et maintenant que le hasard nous jette l'un en face de l'autre, vous voulez me prendre comme un

(1) Juif.

joujou, comme un meuble à faire jouir... Mais
vous faites fausse route, mon ami. Je suis une
femme honnête, moi. On ne me prend pas de
cette façon-là. Je vous aime, mais je ne crois
pas en votre amour... Et c'est pour cela que
vous ne m'aurez jamais !

Hubert de Rau crut un instant qu'il avait
mal entendu. Sa joie n'avait pas de bornes !
Comment, cette femme l'aimait à la folie sans
qu'il s'en doutât un instant; cette femme si
belle, si intelligente, dont toute la jeunesse
dorée de Berlin raffolait ! Elle résistait, mais
ça n'allait pas durer. Il n'avait qu'à lui donner
sa parole d'honneur qu'il l'aimait, lui aussi,
— et il sentait bien maintenant qu'il l'aimait
réellement, — et elle allait être à lui, il allait
posséder ce corps superbe de juive, s'enivrer
de son parfum de femme rousse, se pâmer
entre ses bras blancs d'ancienne courtisane
devenue femme sans reproche...

Il murmura :

— Oh! Julia, Julia, mon amour, mon
idole! Allons-nous-en d'ici!... On nous
regarde...

Ce fut en même temps un cri de cœur que
celui de raison.

Ils sortirent, hélèrent une voiture et se firent conduire à *Salinbadeanstalt* (1).

Il était onze heures et demie du matin, l'heure à laquelle le prince de Bismarck prenait son bain quotidien. Aussi, en y arrivant, ils assistèrent à une manifestation populaire en l'honneur de l'ancien chancelier.

Le vieux diplomate venait d'arriver à la Saline. Une foule compacte, qui l'avait attendu sur la route, s'était précipitée vers son véhicule, dans un élan chaleureux. Les hommes se découvraient, les femmes faisaient flotter leurs mouchoirs au-dessus de leurs têtes, et un puissant « *Hoch!* » (2) sortit de toutes les bouches, résonnant dans l'air et disparaissant dans les bois voisins...

M. de Bismarck, serré dans une longue redingote grise et coiffé d'un chapeau mou noir aux bords très larges, paraissait très vieilli, bien qu'il eût conservé sa tenue raide du vieux temps, quand, vêtu de son uniforme de cuirassier, il piétinait les libertés de l'Allemagne et dictait des lois à l'Europe tout entière. Il descendit de la voiture, aidé par

(1) Etablissement de bains salés.
(2) Hourrah!

son médecin, le docteur Schweninger, et par
son valet de pied, saluant à droite et à gauche,
serrant la main à ceux qui se trouvaient au
premier rang. Et il entra dans la maison de
bains au milieu des vivats et des coups de
chapeau.

Le comte de Rau et Julia Stern entrèrent
dans l'établissement balnéaire, à leur tour.
Une joie profonde rayonnait dans leurs yeux.
Ils s'étaient promis de faire fi des conven-
tions sociales et de s'adonner corps et âme à
leur amour réciproque.

Grâce aux relations du jeune comte avec
l'administration du *Badhaus* (1), on lui
donna une salle de bains voisine de celle où
Julia Stern venait d'entrer... Le garçon lui
remit avec un sourire mystérieux une petite
clef de la porte cachée sous des rideaux qui
séparait ces deux pièces... Le hussard se
déshabilla à la hâte, et, dans un appareil des
plus simples, entra dans le salon-toilette
occupé par l'actrice qui venait de se dévêtir,
elle aussi.

Ils se précipitèrent dans les bras l'un de
l'autre, et, après une longue étreinte sur le

---

(1) Maison de bains.

divan couvert de drap blanc, ils entrèrent
ensemble dans la baignoire et s'aimèrent dans
l'eau salée légèrement tiède, pendant qu'au
dehors la foule patriote attendait la sortie de
l'ex-chancelier.

TYPES DE BERLIN

EIN JUDE

XVII

Hubert de Rau et Julia Stern restèrent à Kissingen tout un mois. Ce fut une véritable lune de miel qu'ils eussent volontiers prolongée de beaucoup, s'il leur avait été possible de le faire. Mais lui était forcé de rejoindre son régiment, et elle son mari qui réclamait son retour, trouvant qu'un séjour de trois semaines aux eaux était bien suffisant. Ils rentrèrent à Berlin avec l'intention la plus ferme de continuer leur amours secrètes.

A peine arrivé dans la capitale, le comte Hubert loua un appartement meublé destiné à recevoir les visites de la jeune femme. Elle y vint le voir et lui dit qu'elle avait parlé à son mari de leur rencontre à Kissingen.

— Je ne lui ai pas tout dit, naturellement, mais je lui ai raconté que tu avais été mon *cavaliero servante* pendant mon séjour aux eaux. M. Grünbaum t'est très reconnaissant de ton obligeance. Il ira demain déposer sa carte chez toi, et j'espère que tu me feras le plaisir de venir me voir à la maison...

— Mais... qu'en pensera ton mari ?

— Il en sera enchanté. Mais, ce qui est la chose principale, c'est que, de cette façon, nous pourrons nous voir non seulement ici mais aussi chez moi. Et comme mon mari est souvent absent, tu vois comme nous serons heureux...

Et, en effet, le surlendemain, Hubert de Rau, qui avait reçu la veille la carte du mari de Julia, vint présenter ses hommages à la belle juive.

Il fut reçu par M. et Mme Grübaum qui l'invitèrent à dîner pour le lendemain.

Le journaliste fut pour l'amant de sa femme d'une amabilité pleine de prévenances. Il lui exprima toute sa reconnaissance pour les services que « *Herr Graf* » (1) avait rendus à sa femme à Kissingen et se dit très

_____

(1) Monsieur le comte.

honoré d'avoir fait sa connaissance. Il fut si
aimable, si flatteur que le jeune comte ne
put s'empêcher de se dire : « Il est très bien
élevé ce monsieur-là ; je ne savais pas qu'il
y eût des juifs aussi corrects, aussi hommes
du monde... »

Et, le lendemain, il vint dîner avec la
famille Grünbaum, comme cela avait été convenu.

A table, Julia lui annonça qu'elle allait
quitter la scène. Le métier d'actrice l'en-
nuyait, d'autant plus que son mari avait l'intention de se présenter à la députation...

— Je suis un candidat conservateur gou-
vernemental, ajouta M. Grünbaum.

—Je vous en félicite, monsieur.

— Et puis, vous ne savez pas, ajouta la
jeune femme en envoyant à l'officier son sourire le plus doux, nous changeons de religion...
Nous devenons protestants.

— Je suis heureux de l'apprendre.

— Oui, monsieur le comte, fit M. Grünbaum. Et nous le faisons après une mûre
réflexion. Je crois qu'un bon citoyen doit
être de la même religion que son monarque

qui gouverne le pays de par la volonté de
Dieu.

— Monsieur, répondit le comte Hubert,
d'une voix sonore, permettez à un officier de
la garde impériale, à un défenseur de la
monarchie allemande, de vous féliciter vivement et de votre décision et de vos paroles,
si nobles, si élevées. Vous avez raison,
monsieur, la religion des sujets fidèles doit
être celle du monarque qui remplace Dieu dans
son pays... Vos idées religieuses et politiques
vous honorent, monsieur. Et puisque nous
avons prononcé le nom de l'empereur, je bois
à la santé de Sa Majesté.

Et en se levant, son verre à la main, il
cria : « *Hoch !* » d'une voix formidable.

— *Hoch !* répondirent M. et Mme Grünbaum, en se levant à leur tour.

Et, tous trois, ils trinquèrent.

Quelques heures plus tard, après le départ
du comte Hubert grisé par le vin, les liqueurs
et le contact de la femme aimée, Julia Stern
s'approcha de son mari, l'embrassa sur le front
et lui demanda :

— Eh bien, mon chat. Es-tu content de
moi ?

— Oui, ma chatte, répondit M. Grünbaum
d'une voix un peu triste. Tu es une femme
supérieure. Grâce à toi je deviendrai un
homme politique, protégé à la cour. Dès lors,
l'avenir est à moi. Ton idée de nous baptiser
est excellente. Sans cela, il me serait impossible d'arriver à quelque chose de sérieux.
Tous les Israélites intelligents comprendront
les raisons qui nous font changer de religion...
Et puis... la religion, je m'en moque... J'en
changerais comme de chemise, tous les jours...
Ce n'est point cela qui m'ennuie...

Julia lui entoura le cou de ses beaux bras
blancs.

Il y a donc quelque chose qui t'ennuie là-
dedans ? fit-elle d'une voix câline. Pauvre
Isidore !...

— Oui, u sais quoi.... Ce jeune aristocrate
est une bonne acquisition pour ma carrière...
Mais...

Mme Grünbaum lui ferma la bouche avec
un baiser passionné et elle lui chuchota à
l'oreille :

— N'en parlons pas, va, mon chéri. Quand
on veut arriver aux honneurs, il faut bien se
décider à faire quelques petits sacrifices... Le

chemin de la gloire est rempli des cadavres de ceux qui ont eu trop de scrupules. Mais tu es un homme fort, toi, tu comprends la vie !... Alors ne t'abaisse pas à mes yeux par une jalousie mesquine... Tu sais que tu es le seul homme que j'aie jamais aimé... Oui, je t'aime parce que tu es juif, parce que, comme moi, tu méprises ces *goïms* (1) au milieu desquels nous vivons, parce que, tous deux, nous sommes étrangers dans ce pays des Germains qui nous détestent, et que nous luttons contre eux, tous les deux. Tu es mon mari et mon amant !... Cet officier... comme les autres que j'ai connus avant de t'épouser. des victimes... Oh ! ce que je les hais, tous, ces Prussiens aux têtes carrées, aux joues roses de nouveau-nés. J'aime bien les voir à mes pieds pour pouvoir les traiter comme ils le méritent, pour leur cracher à la figure mon mépris et ma haine...

M. Grünbaum, très impressionné, attira sa femme dans ses bras et la serra contre son cœur dans une étreinte vigoureuse.

— Oui, mon chéri, continua-t-elle, nous aurons beau changer de religion cent fois et

---

(1) Chrétiens dans l'argot des juifs allemands.

recevoir le comte de Rau tous les jours, nous serons toujours des juifs, et lui, il sera toujours pour nous un ennemi dont on se sert comme d'une échelle pour monter plus haut.... On jette l'échelle quand on n'en a plus besoin...

TYPES DE BERLIN

SERGENTS DE VILLE

XVIII

— *Was ist das?* (1)

Telle était la question que se posaient les bourgeois de Berlin à la vue de bandes d'ouvriers en haillons arrivant un beau jour, dès le matin, dans la *Friedrichstrasse* et s'amassant dans la *Unter den Linden*.

On crut à une émeute, sinon à une révolution sociale. Ce ne fut qu'une protestation des crève-de-faim contre ceux qui possèdent et jouissent.

Les ouvriers sans travail tenaient à montrer aux classes dirigeantes et à Sa Majesté leur misère criant pitié, leurs figures amai-

---

(1) Qu'est-ce que c'est?

gries, leurs vestes en lambeaux, leurs souliers sans semelles.

Ils amenèrent avec eux leurs femmes et leurs enfants : des ménagères ayant perdu l'habitude de faire la cuisine, des petiots à peine nés et souffrant déjà la misère de leurs pères.

Et, en face des palais, des hôtels, des magasins luxueux, ils vociférèrent de leurs voix éraillées leur veto de prolétaires contre tout ce luxe et contre toutes ces richesses.

Ils crièrent : « Du pain ! » en levant leurs poings osseux avec des airs de menace. Ils insultèrent l'Allemagne officielle, l'Allemagne capitaliste, fière et heureuse.

Les marchands, terrifiés, fermèrent leurs magasins et se groupèrent, anxieux, derrière les portes closes, en attendant l'arrivée de la police qui leur devait aide et protection contre ces inopportuns perturbateurs.

Celle-ci ne tarda point à exaucer leurs vœux ardents. Plusieurs centaines d'agents à pied et à cheval arrivèrent à la hâte et se précipitèrent sur la foule.

Ils frappèrent les hommes qui ne voulaient pas s'en aller; ils piétinèrent femmes et enfants.

Les ouvriers, indignés, lancèrent des pierres à ces sbires. Une bataille en règle s'engagea.

Elle dura plusieurs heures. Il y eut des blessés des deux côtés; des arrestations nombreuses furent opérées. Ce fut la police qui remporta la victoire. Elle resta la maîtresse de la place. Les manifestants durent se réfugier dans les rues voisines où ils furent poursuivis par des agents à cheval.

Les commerçants, tranquillisés, rouvrirent leurs boutiques. Des bourgeois-badauds sortirent de leurs maisons pour s'assurer *de visu* que la paix était rétablie à Berlin... Des agents secrets, satisfaits et fiers, se promenaient au milieu de la chaussée.

Tout à coup, un grand cri se répandit le long de l'avenue, un cri de triomphe :

— *Der Kaiser !* (1)

L'empereur Guillaume, dans une voiture découverte et sans escorte, traversa la *Unter den Linden* avec le calme d'un souverain qui gouverne de par la grâce de Dieu.

_____

(1) L'empereur.

Sa Majesté semblait ignorer les événements de tout à l'heure.

Bourgeois et mouchards, pleins d'enthousiasme, l'acclamèrent.

Un incident fâcheux qui eut lieu au coin de la Friedrichstrasse assombrit cette joie.

Au moment où la voiture impériale passait à côté du café Bauer, un jeune homme, assez bien vêtu, qui, depuis quelques instants, se tenait tranquillement sur le trottoir, sans éveiller nullement les soupçons de la police, cria à pleins poumons :

— *Hoch die Republik !* (2).

Des agents se précipitèrent vers lui. Mais, avant leur arrivée, il se trouvait déjà étendu sur le trottoir, abasourdi par un formidable coup de poing qui lui fut lancé en pleine figure par un officier qui se trouvait à côté.

Cet officier était le comte de Rau qui était accouru avec quelques amis à la nouvelle de la manifestation ouvrière.

Les badauds acclamèrent le hussard, pendant que les agents entraînaient le manifestant et le rouaient de coups de poings, à leur tour.

_____

(2) Vive la République !

L'empereur, témoin impassible de cette scène, qui n'avait pas duré plus de deux minutes, fit arrêter sa voiture et, d'un signe, appela le jeune comte.

Raide comme d'habitude, la main levée à la hauteur de la tête, Hubert de Rau s'approcha de la voiture impériale, s'arrêta net et resta immobile dans l'attente des ordres du monarque.

L'empereur regarda l'officier, s'efforça à esquisser un sourire sur ses lèvres froides d'homme triste et fit d'une voix brève :

— Comte de Rau, je vous nomme capitaine.

FIN

TABLE DES GRAVURES

Paris. — Imp. ANTONY, 8, faub, Montmartre.